D1662327

FELIX

HOLGER BRÜNS

FELIX

ROMAN

1. Auflage

© 2022 Albino Verlag, Berlin

Salzgeber Buchverlage GmbH

Prinzessinnenstraße 29, 10969 Berlin

info@albino-verlag.de

Umschlaggestaltung: Robert Schulze

unter Verwendung einer Illustration

von istockphoto.com/ulimi

Satz: Robert Schulze

Printed in the Czech Republic

ISBN 978-3-86300-345-6

Mehr über unsere Bücher und Autor*innen:

www.albino-verlag.de

ALS LIEBE.
ALS GANZES.

«… wenn wir also, sagte feder noch mal, suchte weiter den weg zur frage, den knick, in gleicher, gemeinsamer zielsetzung, arbeit aufs ziel hin, jeder seins als unseres, jeder sich als uns, einander gleich werden, leben von gleich zu gleich, ja *zugleich*, was sei dann, woher, die liebe zu einem, zu einer, in leidenschaft, eigenartig, auch ängstlich, besonders – gesondert? von was denn? aber es läuft so noch immer. (…) was drängt sich da vor, warum? ich will doch nichts extra. wir wollen doch alles, die klasse, uns, wirklich den aufstand des menschen. aber ich lieb den typ. wie mein leben. ach müll. denn wenn er nun stirbt, sterben doch wir nicht, ich nicht, der angriff. und doch. finster. als wäre dann sein tod auch meiner. mein leben auch seins. aber eben genau nur seins. nicht unsres. nicht ihr. nicht wir. was ist das? wie geht das? o mühsam, warte. ich will keine liebesgeschichte. sondern uns. als liebe. als ganzes. nah.»

Christian Geissler
«kamalatta. romantisches fragment»

1 HAMBURG
HERBST 1985

Losgefahren ohne Plan. Ins Blaue hinein. Vier Tage Zeit. Felix und ich in seinem alten VW-Bus. Von Göttingen nach Hamburg. Erste Station im Wendland bei Freunden. Weiter über Lauenburg, Büchen, Mölln und Ratzeburg. Herrliche Herbsttage. Die Wälder schon verfärbt, die Sonne wärmt noch. Um die Mittagszeit suchen wir Seen. Zum Baden ist es zu kalt. Wir krempeln die Hosen hoch, halten die Füße ins Wasser.

Neben uns steht ein schwarz-rot-gold bemalter Pfosten. In der Mitte des Sees ist unsere Welt zu Ende. Zonengrenze. Immer wieder kommen wir auf dieser Reise nicht weiter, hören Wege plötzlich auf, zerteilt ein Zaun die Landschaft. Auch auf der anderen Seite sind Dörfer, Wälder und Seen. Dazwischen liegt ein Streifen gepflügtes Land, Wachtürme und Stacheldraht.

Zwei Nächte haben wir im Auto geschlafen. In einem Dorf hinter Ratzeburg wirbt eine Pension mit einer Terrasse zum See. Wir leisten uns ein Zimmer. Die Wirtin, nicht unfreundlich, lässt sich Ausweise zeigen und kassiert im Voraus. Zwei junge Männer, der eine mit schulterlangen Haaren, der andere kurz geschoren mit einem Ring im Ohr, die aus einem zerbeulten VW-Bus steigen, da ist man besser vorsichtig. Ihr Mann, der uns in dem kleinen Biergarten mit Blick aufs Wasser das Essen bringt, fragt leutselig nach dem Woher und Wohin, stellt, als er die Rechnung bringt, zwei Schnäpse auf den Tisch.

Am nächsten Tag verlassen wir die Pension nach dem Frühstück und fahren an die Ostsee. Wieder halten wir die Füße ins Wasser, laufen Stunden am Strand entlang. Es ist bereits dunkel, als wir zum Auto zurückkommen. Die Heizung ist beim VW-Bus immer das Problem. Entweder lässt sie sich nicht ausstellen oder sie ist ganz kaputt. Unsere hat sich jetzt, pünktlich zu Beginn der kühleren Tage, entschlossen, nicht mehr zu heizen. So ziehen wir, bevor wir losfahren, mehrere Pullover übereinander. Trotzdem wird es schnell kalt und wir legen die Schlafsäcke über die Beine. Wir haben eine Kassette in den Player geschoben. Ton Steine Scherben. Die Texte können wir auswendig, laut singen wir mit.

«Ich hab' geträumt, der Winter wär' vorbei
Du warst hier und wir waren frei
Und die Morgensonne schien
Es gab keine Angst und nichts zu verlieren
Es war Friede bei den Menschen und unter den Tieren
Das war das Paradies
Der Traum ist aus. Der Traum ist aus.
Aber ich werde alles geben, dass er Wirklichkeit wird»

Dichter Nebel liegt über der Landschaft. Die Scheinwerfer fressen helle Bahnen ins weiße Nichts. Kurz vor Hamburg wird der Nebel dünner. Als wir schließlich das Auto auf einem Parkplatz an der Elbe abstellen, leuchtet der Mond am wolkenlosen Himmel. Wir steigen aus und springen eine ganze Weile am Strand herum, hüpfen und rennen um die Wette, bis uns wieder warm ist. Wir stehen und schauen auf den Fluss, auf das dunkle Wasser, den Mond und die Sterne, Felix hinter mir, die Arme um meine Brust geschlungen. Ich spüre seinen Atem im Nacken.

Villen ziehen sich den Hang hinauf. Zwischen zehn und halb elf abends kommen die Hundebesitzer zu einer letzten Runde an die Elbe hinunter. «Danach ist hier niemand mehr bis zum nächsten Morgen», so sagt Felix, der hier schon öfter übernachtet hat. Es gibt eine Bushaltestelle hundert Meter weiter. Von dort kann er am nächsten Morgen in zwanzig Minuten im Krankenhaus sein. Gern hätte ich ihn begleitet, aber er lässt nicht mit sich handeln. «Ich muss da allein hin. Du kannst mir nicht helfen.» Und ich verstehe ihn. Wie das Testergebnis auch ausfällt, positiv oder negativ, baldiger Tod oder langes Leben, ich verstehe, dass Felix erst eine Weile für sich sein, nicht sofort darüber reden will.

Felix kann leise sein. Als ich am nächsten Morgen aufwache, ist er schon weg, der Platz neben mir leer, seine Bettdecke, in die ich mein Gesicht vergrabe, noch warm. Im Auto ist es kalt, die Fenster beschlagen. Herunterlaufendes Kondenswasser hat Bahnen auf das Glas gemalt. Durch schmale Streifen zeigt sich blauer Himmel. Ich schiebe die Seitentür auf. Die Sonne glitzert in Tautropfen an bunten Blättern und langen Grashalmen. Im silbrigen Wasser der Elbe zieht ein Containerschiff vorbei und lässt die Wellen höher auf den Sand laufen. Ich gehe hinter die Büsche zum Pissen. Auf dem Parkplatz steht einsam ein blauer Opel. Der hat gestern Nacht schon dort gestanden, als wir ankamen.

Ich habe keine Ahnung, wie spät es ist. Ist aber auch egal, Felix und ich sind erst am Mittag verabredet. Ich nehme eine alte Decke aus dem Auto, lege sie auf den feuchten Sand. Ein kleiner Schlepper fährt Richtung Hafen. In einiger Entfernung stehen drei Möwen am Wasser. Sie heben abwechselnd ein Bein. Das ist alles.

Gegen Mittag ziehen Wolken auf. Plötzlich ist es grau. Ich räume die Decke ins Auto, fahre los. Hamburg, Elbchaussee. Durch Altona nach Ottensen, einige Male im Kreis, bevor ich an dem Café vorbeifahre, in dem wir verabredet sind. Die Suche nach einem Parkplatz dauert eine weitere Viertelstunde. Als ich den VW-Bus abschließe, fallen erste Tropfen.

Das Café ist eigentlich eine großen Erdgeschosswohnung, mehrere Räume, die Türen sind ausgehängt, die Türrahmen farbig gestrichen. Einige Wände sind schwarz, andere weiß, bunte surrealistische Bilder. Möbel abgenutzt, alte Sofas, Sessel, dazwischen kleine runde Kaffeehaustische mit Stühlen. Duft von Kaffee und Zigaretten. Leise Musik, Gemurmel. Es ist gut besucht. Ich setze mich an einen freien Tisch, bestelle eine Schale Milchkaffee und hole mir eine Zeitung.

Eine große schlaksige Frau mit langen dunklen Haaren wandert ruhelos durch die Räume. Auf irgendeinem Trip hängen geblieben, spricht sie leise mit sich selbst. Andere scheint sie kaum wahrzunehmen. Umso überraschender, als sie an einem der Tische stehen bleibt, um nach Tabak zu fragen. Schnell und ohne hinzusehen, dreht sie eine dünne Zigarette. Das angebotene Feuerzeug nimmt sie nicht in die

Hand. Sie streicht ihre Haare zur Seite, beugt sich zu den Sitzenden hinunter und lässt sich Feuer geben. Dann nimmt sie ihre Wanderung wieder auf. Ein rotgestrichener Türrahmen hat magische Wirkung. Sie steht davor, macht einen kleinen Schritt, zuckt zurück, schüttelt den Kopf, steht versunken. Holt Anlauf, macht einen Schritt vorwärts und prallt gegen ein unsichtbares Kraftfeld. Langsam dreht sie um, geht wieder durch die Räume, bis sie den roten Türrahmen von der anderen Seite erreicht, wo sich das Spiel wiederholt. Anscheinend ist sie hier bekannt. Niemand schenkt ihr Beachtung.

Plötzlich steht Felix vor dem Tisch, zwei Gläser Sekt in der Hand. Ein Lächeln huscht über sein Gesicht, als er sich setzt und mir wortlos eines der Sektgläser zuschiebt. Er hebt sein Glas, hält es mir hin. Wir stoßen schweigend an und trinken. Die Gläser sind von außen beschlagen. Felix dreht sich eine Zigarette. Als ich ihm Feuer gebe, nimmt er meine Hand mit dem Feuerzeug in seine beiden Hände und hält sie fest. Eine Weile klebt die Zigarette in seinem Mundwinkel. Er legt sie in den Aschenbecher. Ich könnte heulen. «Ja, ist so», sagt Felix und trinkt noch einen Schluck Sekt. «Positiv. Ich bin HIV-positiv.» Wir beobachten die Frau, die leise mit sich spricht, zwischen ihr und uns der unüberwindliche rote Türrahmen. Als sie sich umdreht und im Nachbarraum verschwindet, rollen ein paar Tränen über mein Gesicht. Mit einer Hand wischt Felix sie ab. «Nicht weinen. Ist nicht schlimm. Wird schon.» Wir trinken aus und gehen.

Es hat aufgehört zu regnen. Die Sonne kommt hinter den Wolken hervor. Die Luft frisch, nicht kalt. Ziellos gehen wir durch die Straßen. Vor einem Kaffee stehen Tische und

Stühle in der Sonne. Ein junger Mann wischt sie mit einem Handtuch trocken. Wir setzen uns, bestellen noch einmal Sekt. Wir reden nicht viel. Was gibt es da auch zu reden? Ob ein, zwei oder drei Jahre, Felix wird sterben und ich werde ohne ihn leben müssen.

Wir holen das Auto, kaufen auf dem Weg noch ein Sixpack Bier und fahren zu unserem Parkplatz an der Elbe zurück. Wir machen die Seitentür und die Heckklappe des Bullis auf. Die Sonne steht so niedrig, dass sie ins Auto scheint. Auf der Matratze sitzend trinken wir Bier und spielen Backgammon. Nach dem dritten Spiel schläft Felix ein und ich gehe ein Stück am Wasser entlang.

Ich setze mich in die offene Seitentür und mache das letzte Bier auf. Felix blinzelt. Ich kuschele mich neben ihn unter die Bettdecke. So liegen wir, bis die Sonne untergegangen ist und die Luft feucht wird. «Ich habe Hunger, lass uns was essen gehen.» Ich bin ein bisschen betrunken, da ist essen vielleicht gar nicht so schlecht. «Das Auto lassen wir hier. Ich glaube, an der S-Bahn ist ein Italiener.» Wir schließen den VW-Bus ab und gehen Hand in Hand Richtung S-Bahn. Straßenlaternen flammen auf, streuen Licht. An der Betonwand einer Garage steht mit gelber Farbe gesprüht: «Ihr wolltet doch immer strahlende Kinder – jetzt habt ihr sie.» Daneben ein Atomzeichen. In Brokdorf, ein Stück die Elbe hinauf, wird ein neues Atomkraftwerk gebaut. Felix zeigt auf den Spruch und sagt: «Eigentlich ist doch egal, woran man stirbt.» Ich versuche es mit Trotz: «Du stirbst nicht.» Aber Trotz hat bei Felix noch nie funktioniert: «Doch, ich sterbe. Besser, du gewöhnst dich an den Gedanken.»

Der Italiener an der S-Bahn hat aus unerfindlichen Gründen geschlossen. Auf der anderen Seite der Bahn ist ein Imbiss, in dessen Fenster sich gebratene Hühner an Spießen drehen. «Das finde ich eigentlich noch besser als Italiener.» Wir bestellen halbe Hähnchen mit Pommes und zwei große Bier, stellen uns an einen Stehtisch und schauen auf den Eingang zur S-Bahn. Ein leerer Platz, Bäume am Straßenrand, wenige Menschen. Der Wirt bringt Bier und Essen, bleibt einen Moment neben uns stehen. Felix nickt ihm zu und hebt den Daumen, da geht er wieder hinter seinen Tresen. Im Radio läuft NDR 2. Eine Frau zieht die Tür auf und bestellt zwei ganze Hühner zum Mitnehmen. Ein alter Mann kauft drei kleine Fläschchen Mariacron. Der Wirt lässt den Verschluss eines weiteren Flachmanns knacken und füllt den braunen Inhalt in zwei Gläser: «Na komm, Erwin, einer geht aufs Haus!» Sie stoßen an und unterhalten sich leise. Das Radio bringt Nachrichten. Wir trinken jeder noch ein großes Bier, laufen durch Straßen bis zur Elbe hin. Down to the river.

Zwischen alten Hafenschuppen eine schummrige Kneipe. Die Zwiebel. Über Holztischen rustikale Lampen aus Messing. Vor ein paar Jahren haben hier noch Netze und präparierte Fische an der Wand gehangen, haben Hafenarbeiter hier getrunken. Inzwischen lange Haare und zerrissene Lederjacken, junge Leute zwischen zwanzig und dreißig. Statt Schlager und Seemannslieder die Doors und die Rolling Stones.

«Ich kann kein Bier mehr trinken». Felix bestellt zwei doppelte Wodka auf Eis. Die nächsten zwei hole ich. Mit dem halben Huhn und den fettigen Pommes als Grundlage trinken wir weiter. Kurz nach zwölf auf dem Weg zum Auto, schwankt das Kopfsteinpflaster erheblich unter uns und ich brauche eine ganze Weile, bis der Schlüssel in die Tür des Busses passt. Felix raucht noch eine Zigarette vor der Tür. Ich bin eingeschlafen, bevor er neben mir unter die Decken gekrochen kommt.

Am nächsten Morgen bin ich als Erster wach. Wo gestern noch Tau glitzerte, ziert heute Raureif die Grashalme und ein leichter Dunst liegt über der Elbe. Die Blätter an den Bäumen sind noch bunter geworden. Es könnte ein wunderbarer Tag sein. Nein, es ist ein wunderbarer Tag. Obwohl wir gestern so viel getrunken haben, fühle ich mich klar und frisch. Als Felix wach wird, fahren wir in ein Café am Rotherbaum zum Frühstück. Alles ein bisschen schicker, mit Stoffservietten neben den Tellern und frisch gepresstem Orangensaft.

Nach dem Frühstück fahren wir zur Hafenstraße. Ich weiß nicht genau, in welchem Haus Axel wohnt, der vor einem halben Jahr von Göttingen hierhergezogen ist. Klingelschilder gibt es natürlich nicht. Wir fragen zwei Leute, die aus einem der Häuser kommen, aber die zucken nur die Schultern. Schnell geben wir auf. So wichtig ist es nun auch wieder nicht. Wir sitzen auf der Balduintreppe, vor uns die breite Straße, dahinter die Elbe. «Was haben sie in der Klinik gesagt?» «Es wäre besser, wenn ich mir einen Arzt in Göttingen suchen würde. Sie haben mir welche aufgeschrieben.» «Und was soll passieren? Musst du Tabletten nehmen oder so was?» «Es gibt verschiedene Meinungen.»

Auf dem Trockendock von Blohm+Voss liegt ein großer

Frachter. Die Kräne drehen sich, Menschen sind nicht zu sehen, sie arbeiten wohl im Inneren des Schiffs. An einer Stelle wird geschweißt, ein Funkenregen fällt an der Bordwand herab. Die Fährschiffe nach Övelgönne und Teufelsbrück sehen auf dem breiten Fluss wie Spielzeug aus. Auf einer Bank aus rohen Brettern sitzt eine Gruppe Punks und trinkt Bier. Fünf Hunde jagen sich die abschüssige Wiese hinauf und hinunter mit lautem Gebell. «Lass uns nach Göttingen fahren. Ich will nach Hause.»

2 GÖTTINGEN
FRÜHSOMMER 1984

Göttingen. Eine Universitätsstadt, rund hundertdreißig-
tausend Einwohner, davon ein gutes Viertel Studenten. Es
gibt Hausbesetzer und die Anti-AKW-Bewegung, den Kom-
munistischen Bund Westdeutschlands und die Alternative
Liste, die Autonomen, die Antiimps, Punks, Hippies und
Ökos. Es gibt Überschneidungen, es gibt Allianzen und
Freundschaften, strategische Kooperationen, neue und alte
Feindschaften. Es gibt mehre Burschenschaften und an der
Uni den RCDS. Dreißigtausend Studenten schließen sich in
den ersten Semestern ihres Studiums der einen oder anderen Gruppe an, bevor sie in ihre akademische Laufbahn und
aus den politischen Zusammenhängen verschwinden, in
andere Städte umziehen oder als Ökobauern aufs Land
gehen. Sie werden zuverlässig durch neue Erstsemester
ersetzt. Nicht anders als in Freiburg oder Heidelberg, Tübin-
gen oder Marburg.

Göttingen hat eine große autonome Szene, entstanden Anfang der Achtzigerjahre aus der Besetzung der leer-
stehenden Gebäude der alten Universitätskliniken, der
Augenklinik, der Inneren. Seit deren Räumung haben sich
die ehemaligen Hausbesetzer über die ganze Stadt verteilt.

Der grüblerische Selbstzweifel ihrer Diskussionen zieht mich an. Wie sie bin ich überzeugt, dass die Gesellschaft uns von unseren ursprünglichen Bedürfnissen entfremdet hat. Dass Macht, Hierarchie, Besitz und Konsum ein schleichendes Gift in unserem Zusammenleben sind. Wenn wir die Gesellschaft verändern wollen, müssen wir damit bei uns selbst anfangen. Dafür brauchen wir herrschaftsfreie Räume, in denen wir uns ausprobieren können. Das selbstverwaltete Jugendzentrum Innenstadt, ist ein solcher Ort experimenteller Freiheit. Die Jugendzentrumsinitiative, die Juzi, hatte sich den grauen Kasten an der Bürgerstraße erkämpft. Ich bin im Vorstand des Trägervereins, kümmere mich um die Veranstaltungen.

Gerade zwanzig geworden, wohne ich seit zwei Jahren in einer WG. Die letzten Schuljahre waren quälend uninteressant. Ohne großen Ehrgeiz bin ich so durchgerutscht. Im März vor einem Jahr habe ich Abitur gemacht und nach einem langen Sommer der Freiheit meinen Zivildienst im Klinikum begonnen. Mein Aus- beziehungsweise Einkommen scheint zunächst gesichert. Wer weiß, was danach kommt. Ich könnte mir vorstellen, mich nach dem Zivildienst an einer Schauspielschule zu bewerben. Keine Ahnung, ob es das wirklich ist. Ich nehme mir die Zeit, herauszufinden, was wichtig ist und wie mein Leben aussehen soll.

Zwischen politischer Arbeit und Zivildienst bleibt noch viel Platz. Gerade im Sommer, wenn die Tage lang sind, liege ich, wie alle anderen auch, ganze Nachmittage auf der Wiese oder am Baggersee, klettere mit Freunden nachts über die Mauer des Botanischen Gartens, um unter den großen

Bäumen im Mondschein zu kiffen und Wein zu trinken. Oder ich hüpfe im Podium zu lauter Musik auf der Tanzfläche herum.

PODIUM

Das Podium ist eine Diskothek, in der ich, seit ich sechzehn bin, zwei bis drei Nächte die Woche verbringe. Die langgestreckte Halle war früher mal ein angesagter Jazzclub, den sogar mein Vater aus seiner Studentenzeit kannte. Ich denke, die dunklen, verrauchten Räume haben keine Ähnlichkeit mehr mit damals. Vorne steht ein Billardtisch, dann kommt die Theke mit Barhockern und hinten eine kleine Tanzfläche mit DJ-Pult. Eine Diskokugel dreht sich und oft liegt der Geruch von Marihuana in der Luft.

Zwei Uhr nachts. Ein gewöhnlicher Tag mitten in der Woche. Es beginnt sich ein wenig zu leeren. Von den Gästen kenne ich ungefähr zwei Drittel. Das Personal sowieso. Ich sitze mit Gabi hinten neben dem DJ. Wir beobachten die Tanzenden, trinken Bier und rauchen. Als Matze «Tainted Love» von Soft Cell auflegt, springt Gabi auf die Tanzfläche. Mir ist heute nicht so nach tanzen, außerdem brauche ich ein neues Bier. Ich gehe an den Tresen, lasse mir ein Flensburger geben und setze mich nach vorne, beobachte die Jungs, die um den Billardtisch stehen.

Die Tür geht auf und auf einmal wird der Abend interessant. Im Klinikum, auf der Inneren, arbeitet ein Pfleger, in den ich mich ein bisschen verguckt habe. Ich habe die Schwestern auf Station gefragt: Er heißt Felix, und sie glauben, er hat eine Freundin, aber von der erzählt er nie etwas. Schon länger habe ich ihn nicht mehr gesehen. Vielleicht hat er die Station gewechselt. Jetzt kommt er zur Tür herein.

Er scheint ein bisschen betrunken, schaut sich kurz um. Wie so oft, wenn ich jemanden interessant und sexy finde, versuche ich, mein Interesse nicht zu deutlich zu zeigen. Auch wenn hier alle wissen, dass ich schwul bin, Fremden gegenüber bin ich vorsichtig, zumal wenn ich sicher bin, dass sie hetero sind. Wie zum Beispiel bei Felix. Und so ist er es, der mich eine Viertelstunde später, nach einer Runde durch den Laden mit einem Bier in der Hand, anspricht: «Hi, was machst du denn hier?» «Lustige Frage – wie oft warst du schon hier?» «Zwei, drei Mal. Ich gehe nicht so oft in Diskos.» «Das ist hier quasi mein Wohnzimmer. Da könnte ich eher dich fragen, was du hier machst.» «Hast du aber nicht.» «Stimmt. Also: ich trinke Bier und unterhalte mich, oder ich spiele ich Billard, oder ...» In dem Moment kommt Gabi verschwitzt von der Tanzfläche. Sie nimmt mir das Bier aus der Hand und trinkt einen kräftigen Schluck. Dann angelt sie sich eine Zigarette aus der Schachtel, die ich gerade in der Hand halte, und zündet sie sich an. Ich hatte eigentlich Felix eine Zigarette anbieten wollen, jetzt stehe ich etwas verlegen zwischen den beiden. Bestimmt denkt Felix, Gabi ist meine Freundin. Sie streicht sich die Haare aus der Stirn: «Ich bin Gabi, und wer bist du?» «Ich bin Felix.» Und mit einer Drehung zu mir sagt er: «Jetzt fehlt nur noch dein Name.» «Tom, ich bin Tom.» «Ach, ihr kennt euch gar nicht?», fragt Gabi. «Vom Sehen. Felix arbeitet auch im Klinikum», antworte ich. Provin kommt zur Tür herein und stürzt gleich auf Gabi und mich zu, um uns die neusten Geschichten von seiner Wohnungssuche zu erzählen. Das ist als Inder in Göttingen nicht ganz einfach, wenn man in kein Studentenheim ziehen will, aber auch nicht viel Geld hat. Felix steht noch eine Weile neben uns, dann geht er nach hinten auf die Tanzfläche. Ich gehe nach Hause, als ich mein Bier ausgetrunken habe. Schließlich ist es kurz nach drei. Um acht muss ich auf der Arbeit sein. An diesem Abend sprechen wir nicht viel miteinander. Aber das war der Anfang. Der Anfang ist meist belanglos.

KLINIKUM

Ich habe mir keine großen Gedanken gemacht, wo ich meinen Zivildienst machen wollte, hatte mir ein oder zwei Stellen angeschaut, aber das Universitätsklinikum in Göttingen schien mir am unkompliziertesten. Ich kann in meiner WG wohnen bleiben, und das Amt übernimmt die Kosten für die Miete. Das erste halbe Jahr ist man beim Krankentransport und danach sucht man sich irgendeine andere Stelle im Haus. Mit den beiden Punks von der Blutbank habe ich schon gesprochen, da könnte ich arbeiten. Aber noch schiebe ich Betten durch die langen Flure des Klinikums.

In dem riesigen Neubau mit seinen zwei Bettenhäusern arbeiten mehrere tausend Menschen, liegen tausendvierhundert Patienten, die hoffen, wieder gesund zu werden. Ich bringe sie von Station zu verschiedenen Untersuchungen oder hole sie von dort wieder ab. Es ist keine anspruchsvolle Aufgabe. Es gibt Stationen, die lieben ihren Zivi. Da gibt es morgens Kaffee und nachmittags ein Stück Kuchen.

Wenn eine der Pflegerinnen Geburtstag hat, auch mal ein Glas Sekt. Auf anderen Stationen ist man nur am Rennen, dauernd geht der Pieper. Man steht am nächsten Telefon, um sich die neuen Aufträge abzuholen, und wenn man dann mit einem Bett in den Flur einbiegt, steht die Oberschwester schon in der Tür: «Die vom CT haben schon dreimal angerufen. Wo bleibst du denn?» Aber solche Stationen sind die Ausnahme. Wenn man erst einmal ein paar Wochen dabei ist, weiß man, wie man sie vermeidet und den Hauptamtlichen überlässt, die es schließlich auch gibt. Als Zivi arbeitet man selten länger als ein oder zwei Wochen auf der gleichen Station.

Alle zwei Monate habe ich eine Woche lang Nachtschicht. So ein schlafendes Krankenhaus ist ein besonderer Arbeitsplatz. Ich fange um halb zehn an, da brennt in den Fluren noch helles Neonlicht. Die Reinigungskräfte machen es aus, wenn sie mit ihren Staubsaugern und Wischmop-Eimern weiterziehen. Allmählich wird es ruhig. In den Schwesternzimmern, die auch so heißen, wenn zwei Pfleger drinsitzen, riecht es nach Kaffee. Oft brennt eine einzelne Klemmlampe über dem Schreibtisch und der Rest des Raumes liegt im Dunklen. Die Bettenhäuser atmen, manchmal in ruhigen, gleichmäßigen Zügen, manchmal unregelmäßig, von Nachtklingeln und schlaflosen Patienten unterbrochen, die im Morgenmantel über den Flur schlurfen.

Im großen Mittelgebäude mit den Untersuchungsräumen herrscht völlige Stille. Die Wartebereiche, in denen sich tagsüber zwischen großen Pflanzen in Hydrokultur die Patienten drängeln, liegen in Dunkelheit, die Gänge im schummrigen Licht der Notbeleuchtungen. In regelmäßigen Abständen leuchten grellgrüne Schilder, die die Fluchtwege anzeigen. Aus der Dämmerung leuchten Inseln der Geschäftigkeit. Die größte natürlich die Notaufnahme im Untergeschoss. Dort ist es hell und hektisch. Durch die großen Türen, die nach draußen führen, weht der Wind. In der Einfahrt stehen Krankenwagen, an deren offenen Türen Rettungssanitäter warten und rauchen. Auch in einem der OPs, im Notfalllabor oder auf der Blutbank kann es nachts hektisch werden.

In der Einsatzzentrale der Bettenschieber, schräg gegenüber der Notaufnahme, wird auch geraucht. Hier treffen sich die älteren Festangestellten, und heimlich wird ein Bier getrunken. Ich verbringe die Nächte wie die meisten Zivildienstleistenden lieber in irgendwelchen Stationszimmern oder sitze mit einem Kaffee aus dem Automaten in der leeren Cafeteria im Eingangsbereich.

Die erste Nacht fällt manchmal schwer, aber am Freitag hat man den Rhythmus raus. Die Müdigkeit kommt zwar immer noch gegen halb drei, ist aber nicht mehr so bleiern wie am Montag. Ich bin mit dem Blutfahrrad unterwegs. Das ist ein Klappfahrrad, mit je einem Korb vorne und hinten für den Transport von Blutkonserven, Proben für das Labor oder Dokumenten, die dringend von einer Station zur anderen müssen. Es macht Spaß, mit dem Fahrrad durch die leeren Gänge zu fahren. Vor den Automatiktüren muss man abbremsen, weil sie sich nur langsam öffnen. Die Kunst ist es, schnell zu fahren, ohne beim Bremsen schwarze Spuren auf dem Linoleum zu hinterlassen, sonst gibt es am nächsten Tag Ärger mit den Reinigungskräften.

Es ist eine ruhige Nacht. Ich war ein paarmal im Labor,

habe von der Notaufnahme vergessene Unterlagen auf Station gebracht und im Wartebereich vor der Augenklinik sogar ein bisschen geschlafen. Kurz vor drei kommt eine Fahrt von der Blutbank zur Onkologie rein. Als ich in der Tür des hell erleuchteten Büros der Blutbank stehe, sitzt Felix am Tisch und füllt den Lieferzettel aus, überträgt die Seriennummern der Konserven auf ein Formular. Ich stehe schon fast neben ihm, als er hochschaut. «Hi, was machst du denn hier?» «Lustige Frage.» Sein Grinsen lässt mich im Unklaren, ob er sich erinnert, dass unser Gespräch vor einer Woche im Podium genauso angefangen hat. «Ich dachte, du arbeitest auf der Inneren?» «Habe ich. Ich studiere noch und jobbe, wo es eben geht. Jetzt halt mal auf der Blutbank.» Er gibt mir die Konserven. «Ist heute viel los bei dir?» «Nee, ich habe mich eben sogar eine halbe Stunde aufs Ohr gelegt.» «Wenn du magst, dann komm doch wieder, wenn du das Blut weggebracht hast. Ich setz 'nen Kaffee auf.» «Ja, gern, wenn nichts dazwischenkommt.»

Die Onkologie ist im Erdgeschoss, Bettenhaus Zwei, der Weg nicht weit, und ich hoffe inständig, dass nicht gleich der Pieper losgeht, während ich vor dem Fahrstuhl warte. Aber alles ruhige, kein neuer Auftrag. Monika auf der Onkologie hat Stress, findet aber Zeit, mir eine Tafel Schokolade zuzustecken. Zehn Minuten später bin ich wieder bei Felix auf der Blutbank. Die Kaffeemaschine röchelt noch, aber es stehen schon zwei Becher davor. Ich lege die Tafel Schokolade daneben. Dann stehen wir mit den Kaffeebechern draußen auf der Feuerleiter und rauchen. Wir spielen mit einer Pappscheibe im Flur Frisbee. Wir essen die ganze Schokolade.

Um Viertel nach vier geht mein Pieper. Ich rufe die Zentrale an. Günther am anderen Ende klingt müde. «Tom, tust du mir 'nen Gefallen?» «Was ist?» «Ich weiß, du bist mit dem Fahrrad unterwegs, aber ich habe noch 'ne Kellertour. Stellst du das Fahrrad hier ab und gehst dann mit Manfred?» «Sind alle unterwegs?» «Ja, du kannst danach von mir aus auch nach Hause gehen.» «Okay, bin gleich da.» «Lass dir Zeit, läuft ja nicht weg», lacht Günther. Das ist der besondere Humor der Hauptamtlichen. «Kellertour» heißt, eine Leiche in die Kühlräume im Keller bringen. Das ist meistens nicht schlimm. Sie sind eingewickelt in saubere weiße Bettlaken, und es schaut nur ein Fuß mit dem darumgebundenen Namensschild heraus.

«Ich muss los.» «Na, die Nacht ist auch bald rum.» «Wie lange musst du arbeiten?» «Übergabe ist um sieben.» «Ich denke, da liege ich schon im Bett und schlafe tief und fest.» «Sollen wir uns mal bei Tageslicht treffen?» «Prima Idee. Samstag oder Sonntag?» «Lass uns sagen, Samstag auf den Schillerwiesen.» «Können wir machen. Wo?» «In der Nähe von dem kleinen Pavillon. So gegen vier?» «Bin ich da.»

Ich stelle das Fahrrad in der Zentrale ab. Günther klingt nicht nur müde, er sieht auch so aus. Er drückt seine Zigarette in den überquellenden Aschenbecher und nimmt einen großen Schluck aus einer Tasse, in der sicher kein Kaffee ist. «Rainer hat sich hingelegt, ich wollte ihn schlafen lassen.» «Ja, ist doch kein Ding. War eh nicht viel los heute. Ich mache das noch, und wenn ich 'ne Dreiviertelstunde früher nach Hause komme, bin ich nicht böse drum.» Manfred raucht noch seine Zigarette zu Ende, dann gehen wir los. «Von wo ist sie denn?», frage ich. «Innere, Oma Riethmüller» «Oh.» Da muss ich nun doch schlucken. Oma Riethmüller war eine ganz Liebe. Sie konnte fast nichts mehr sehen, brachte alle und alles durcheinander, aber war immer freundlich und bedankte sich bei jedem mit großer Herzlichkeit. Sie lag schon fast drei Wochen auf der Inneren. Die Ärzte wussten nicht so genau, was sie eigentlich hatte, deshalb war sie täglich zu irgendwelchen Untersuchungen und alle Bettenschieber kannten sie. Einmal fand ich sie kurz vor meinem Feierabend um halb sechs abends, vor der Sonographie. Da saß sie ganz allein in ihrem Rollstuhl im leeren Wartebereich und war eingeschlafen. «Frau Riethmüller, hat Sie keiner abgeholt?» Sie schreckte hoch und war sichtlich verwirrt. «Ich habe die Schwester gefragt, und die hat gesagt, da kommt gleich jemand. Aber dann war niemand mehr da.» «Ich bringe Sie auf Ihre Station.» «Ich möchte nach Hause.» «Na, da kann ich sie leider nicht hinbringen. Ich bringe sie zu Ihrem Bett.» «Aber nicht mit dem Fahrstuhl!» «Warum nicht mit dem Fahrstuhl? Wollen Sie vier Stockwerke die Treppe steigen, Frau Riethmüller?» «Der Fahrstuhl fährt in den Keller, da sind die Toten.» Das kannte ich schon. Immer mal wieder hatte sie Angst vor dem Fahrstuhl. «Ja, das stimmt mit dem Keller, Frau Riethmüller, aber wissen Sie was? Wir fahren einfach nicht nach unten, sondern immer nur nach oben. Da müssen Sie keine Angst haben.»

Vor drei Stunden ist sie gestorben, friedlich eingeschlafen, wie sie auf Station sagen, und es geht im Fahrstuhl nun doch nach unten. Als wir ihre ins Laken eingewickelte Leiche von der Bahre auf das kalte Blech der Kühlkammer heben, verrutscht das Tuch, sodass ich für einen Augenblick ihr Gesicht sehe. Es ist eingefallen und grau. Ich wünschte, ich hätte es nicht gesehen, hätte sie gern so in Erinnerung behalten, wie sie lebendig ausgesehen hat.

SCHILLERWIESEN

Am Samstag bin ich viel zu früh auf den Schillerwiesen und lege mich in die Sonne. Das mitgebrachte Buch bleibt ungelesen. Den Kopf auf die Hand gestützt habe ich die ganze Wiese im Blick. Von wo er wohl kommt? Egal ob er nun eine Freundin hat oder nicht, ich kann es nicht abwarten, ihn wiederzusehen. Ich habe ihm gesagt, dass ich schwul bin, und er hat nur gesagt: «Das habe ich mir gedacht», damit ist das Thema für ihn anscheinend erledigt. Ich versuche, mich zu erinnern, was wir in der Nacht im Klinikum noch geredet haben, aber mir fällt nicht viel ein. Eigentlich weiß ich überhaupt nichts von ihm. Und doch schien er mir vom ersten Moment an so vertraut, als würde ich ihn schon ewig kennen. Wenn ich die Augen zumache, sehe ich sein Gesicht, sein Lachen, und mein Herz macht kleine Purzelbäume. Da bin ich also wohl verliebt. Ich weiß, es bringt nur Tränen, sich in einen Hetero zu verlieben, aber was soll ich machen. Die Junisonne scheint warm, die Blätter über mir leuchten hellgrün vor dem blauen Himmel und von Weitem schon sehe ich Felix die Wiese hinaufkommen. Schnell schlage ich das Buch auf. Als er nur noch ein paar Schritte entfernt ist, schaue ich wie zufällig hoch und winke ihm zu. «Ich bin ein bisschen spät. Wartest du schon lange?» «Nee, ich bin auch gerade erst ... Hab noch nicht mal 'ne Seite gelesen.» Das ist zumindest nicht gelogen.

Felix ist wie ich in Göttingen geboren, und auch wenn er fast drei Jahre älter ist, haben wir einige gemeinsame Bekannte. Eigentlich ist es erstaunlich, dass wir uns nicht schon früher begegnet sind. Auf Diskussions- und Infoabenden in der besetzten Augenklinik, in der er gewohnt hat, auf Veranstaltungen und Konzerten im Jugendzentrum, die ich mitorganisiert habe, hätten wir uns treffen können. Wir waren sogar beide im Stadtschülerrat, allerdings nicht zur selben Zeit. Wir reden, bis die Sonne hinter den Bäumen verschwindet. Um uns herum wird es leer. Zeit für einen Ortswechsel. «Hast du noch was vor?» «Ich bin verabredet auf dem Musikfest am Kaiser-Wilhelm-Park. Kommst du mit?» Ich wäre überall mit Felix hingegangen. «Wer spielt denn?» «Bauknecht. Die Frauenband, die bei uns in der Hauptstraße probt.» «Stimmt. Und Tin Can Army. Das hätte ich fast vergessen.» Die Punks von der Blutbank hatten davon erzählt. Bimmel spielte Schlagzeug und Keule war so etwas wie der Manager von Tin Can Army. «Na, da komme ich doch mit.» «Fein», sagt Felix, und sein Grinsen lässt mein Herz wieder einen Purzelbaum schlagen.

KAISER-WILHELM-PARK

Während auf den Schillerwiesen noch der Abend dämmert, ist es unter den Bäumen des Waldes bereits dunkel. Der Kaiser-Wilhelm-Park ist nichts weiter als eine Lichtung mit einer kleinen Konzertmuschel, deren Wände schon lange

Moos angesetzt haben. Davor aus Paletten die Bühne, darüber zwischen zwei Stangen gespannt eine Zeltplane. Ein paar Scheinwerfer, in den Bäumen bunte Lichterketten. Ein rostiger Zaun fasst das Gelände ein. Am Eingang ist ein Tisch aufgebaut, dort bezahlen wir unsere vier Mark Eintritt.

Es gibt einen großen Grill, auf dem Würste und Fleischfetzen brutzeln. Zwei Tapeziertische als Tresen, dort wird lauwarmes Bier verkauft. Aber die meisten Gäste haben sowieso einen Rucksack mit Dosenbier dabei, was keinen weiter stört. Hier ist die Göttinger Punkszene versammelt, dazu schwarz gekleidete Autonome, Hausbesetzer und einige Langhaarige. Die Band ist noch beim Soundcheck. Wir essen Nackensteaks und Kartoffelsalat.

«Ich muss mal zu Sanni und Klaus rüber, mit denen bin ich verabredet.» «Mach. Wir finden uns wieder.» Einen Moment stehe ich allein. Aus einer Gruppe Punks winkt Keule. Er kommt rüber und fällt mir zur Begrüßung um den Hals. «Ey, toll dasde da bist. Hättich garnich jedacht, dasde auf Punk stehst.» «Na, wenn Tin Can Army spielt, kann ich doch nicht fehlen.» «Ey, freut mich, freut mich wirklich. Willste 'nen Schluck Bier?» Er hält mir seine Dose hin. Ich hebe meine Flasche und wir stoßen an. «Aber wennde nachher nochne Dose willst, wir hamne ganze Palette. Sagste Bescheid.» «Klar mach ich.»

Als Erstes spielt Bauknecht. Felix hat erzählt, an der Tür zu ihrem Probenraum hängt ein Plakat, darauf steht: «Bauknecht weiß, was Frauen wünschen.» Darunter hat jemand mit Edding geschrieben: «Man weiß nie, ist die Waschmaschine kaputt oder probt Bauknecht.» Aber die spielen nicht schlecht. Trotzdem dauert es ein bisschen, bis das Publikum in Stimmung ist. Einerseits sind die Autonomen, was Pogo angeht, etwas zurückhaltend, andererseits ist noch nicht genug Bier getrunken worden. Erst als sie nach einer Dreiviertelstunde ihren Hit «Sie war nicht scharf genug» spielen, hüpft der Großteil des Publikums mit. Es wird umgebaut, und als Tin Can Army spielt, schubsen und balgen sich die Punks vor der Bühne vom ersten Lied an. Dazwischen bellende Hunde, drumherum die Autonomen, die amüsiert den Kopf schütteln, bevor sie aufbrechen in den Theaterkeller.

Felix steht schon eine ganze Weile wieder neben mir. «Ich geh nach Hause. Hab morgen Frühdienst. Bleibst du noch?» Jetzt nicht enttäuscht sein. Ich habe es ja gewusst. «Ich muss. Sonst krieg ich Ärger mit Bimmel und Keule.» «Echt?» «Nee, Quatsch, aber ich glaub, ich hol mir noch 'n Bier.» «Sehen wir uns nächste Woche im Klinikum?» «Ich hab 'ne Woche frei und dann fange ich im schnellen Block an. Montag, Mittwoch und Donnerstag.» «Wow, 'ne Drei-tagewoche.» «Ja, sechzehn Stunden die Woche, weil es doch am Computer ist. Da ist irgendwas mit Ausgleichszeiten und weil man nicht so lange am Bildschirm arbeiten darf.» «Donnerstag in einer Woche habe ich 'ne Nachmittags-schicht. Wie lange arbeitest du denn?» «Bis 19 Uhr.» «Passt, hol ich dich ab.» «Prima, freu ich mich.» Ich schaue Felix hinterher, wie er auf den Ausgang zugeht und unter den Bäumen verschwindet.

Ich bin so versunken, dass ich Keule erst bemerke, als er direkt neben mir steht. Obwohl er nun schon deutlich be-trunken ist, hält er sich gut. Er hat sich und mir eine Dose

Hansa-Pils mitgebracht, legt seinen Arm um meine Schultern und deutet in die Richtung, in der Felix verschwunden ist. «Der isoch auch im Klinikum» «Felix? Der macht gerade Aushilfe bei euch auf der Blutbank.» «Ja, is jlaub ich ganz in Ordnung für 'nen Medizinstudenten.» Keule hat sonst für Medizinstudenten nicht besonders viel übrig.

Göttingen ist klein. Schon zwei Tage später treffen wir uns zufällig in der Fußgängerzone und gehen Eis essen. So geht es weiter. Wir fahren zum Baggersee und verabreden uns fürs Kino. Wir sitzen bei Bier und Zigaretten im Theaterkeller. Manchmal stehen wir nachts mit unseren Fahrrädern lange an einer leeren Kreuzung im Licht der Straßenlaterne. Dann fährt jeder für sich nach Hause. Ich finde es okay, so wie es ist.

3 SÜDFRANKREICH
SPÄTSOMMER 1984

Es ist Felix' Idee. Wir liegen am Baggersee, Torsten, Sabine und Steffi, die den Nachmittag mit uns verbracht haben, sind schon aufgebrochen, und die Sonne neigt sich zum Horizont. «Ich will vierzehn Tage nach Südfrankreich fahren. Magst du nicht mitkommen? Katja kommt mit und Stefan wollte eigentlich, kann jetzt aber doch nicht. Da wäre noch ein Platz für dich.» Katja, das ist die blonde, dünne Frau, mit der ich Felix ein paarmal gesehen habe. Er sagt «'ne Freundin», nicht «meine Freundin», als er sie mir vorstellt. Er spricht nicht über sie, aber ich weiß, wenn wir uns abends trennen, dann geht er meist zu ihr, schläft in ihrem Bett, nicht in seinem eigenen in der Hauptstraße. Die Aussicht, mit ihm zusammen auf Reisen zu sein, ist viel zu verlockend, als dass ich Nein sagen könnte. Nun fahren wir also zu dritt nach Südfrankreich. Mit klarem Kopf hätte ich wissen können, dass das keine gute Idee ist. Fast wäre es das Ende unserer Freundschaft geworden.

Nach einer Arbeitswoche, die nicht zu Ende gehen will, ist es endlich Freitag. Wir treffen uns vor dem Theaterkeller. Es ist warm, die Tür zum Saal steht offen, die Leute sitzen auf dem Hof. Wir beschließen, noch ein Bier zu trinken, bevor es losgeht. Während Felix und Katja einen Platz auf dem Mäuerchen besetzen, der gerade frei geworden ist, gehe ich zum Tresen. Im Keller ist es leer. Zwei Leute, die ich nicht kenne, unterhalten sich mit Andreas, der heute Dienst hat. Andreas kenne ich aus der Juzi, er arbeitet dort ab und zu in der Holzwerkstatt, und so zahle ich nur die Mitarbeiterpreise, wie allerdings fast alle anderen auch. Dafür gibt es einmal im Jahr eine Soliparty. Bei diesen Partys, die sich, abgesehen von der Lautstärke der Musik, nicht von einem normalen Samstagabend unterscheiden, geht eine Mark extra pro Getränk an das Kneipenkollektiv. Auch eine Spendendose ist aufgestellt. So wird das Minus in der Kasse ausgeglichen, und Freunde und Bekannte können für einige weitere Monate das Bier zum halben Preis kaufen.

Ich trage drei Flaschen vor die Tür und setze mich zu Katja und Felix. Wir stoßen an und trinken auf unseren Urlaub. Die Reklametafeln des Lumière, des kommunalen Kinos, das vor einem Jahr in die Räume über dem Theaterkeller eingezogen ist, leuchten grell. Nach dem Ende des Films wird es kurz voll auf der Treppe und in der Einfahrt. Bald darauf ist das Kinopublikum verschwunden. Die Strahler werden ausgeschaltet, jetzt beleuchtet nur noch die bunte Lichterkette im großen Walnussbaum die Szenerie.

Steffi kommt vorbei und setzt sich einen Augenblick zu uns. «Ihr fahrt zusammen weg?» Wenn sie verwundert ist über die Besetzung unserer Reisegruppe, lässt sie es sich nicht anmerken. Wie überhaupt die Frage «Wer mit wem?» in unserer Szene mit einer Mischung aus demonstrativem Desinteresse und unendlicher Toleranz grundsätzlich nicht kommentiert wird. Jeder und alle sollen so sein, wie und mit wem sie wollen.

Als wir ausgetrunken haben, bringe ich die Flaschen zurück in den Keller, verabschiede mich von Andreas, winke Steffi noch mal zu. Felix und Katja stehen schon am Auto. Aus dem Handschuhfach kramt Felix eine Kassette, schüttelt sie kurz und schiebt sie in den Player. «Habe ich extra aufgenommen.» Dann kurbeln wir die Fenster weit herunter und fahren los. Leere Autobahn. Die Scheinwerfer holen einzelne Bäume aus der Schwärze der Nacht. Kurze Zeit leuchten sie im Rot der Rücklichter, bevor sie ins Dunkel zurücksinken. Im Auto ist es warm, Zigarettenrauch liegt in der Luft, es wird wenig gesprochen. Aus den Boxen John Cale: «Paris 1919»

«Efficiency efficiency they say
Get to know the date and tell the time of day
As the crowds begin complaining
How the Beaujolais is raining
Down on darkened meetings on Champs Elysee»

Irgendwann schlafe ich ein und wache erst wieder auf, als wir auf einem Parkplatz halten. Wir sind schon in Belgien. Ein Selbstbedienungsrestaurant überspannt die Autobahn, über lange Treppen zu erreichen. Bei lauwarmen Würstchen und Kartoffelsalat sitzen wir an einem Tisch, schauen durch ovale Fenster auf die gelb beleuchtete Fahrbahn und die unter uns hindurchrasenden Autos. Es sind nicht viele.

Ich frage, ob ich ein Stück fahren soll. «Nö, lass mal, ich liebe es, nachts zu fahren», sagt Felix. «Ich bin nicht müde.

Bis Paris schaffe ich.» Wir stehen noch eine Zigarettenlänge am Auto, die Türen weit geöffnet, um zu lüften. Die Nachtluft ist frisch; weil wir nur T-Shirts tragen, wird uns kalt. Aber schon nach wenigen Kilometern hüllt uns die Wärme wieder ein. An der Grenze winkt uns ein verschlafener Beamter einfach durch. Es wird hell. Wir leisten uns den Luxus und zahlen die Mautgebühr, fahren weiter auf der Autobahn.

Vor Paris wird der Verkehr dicht und zäh. Bis zur Place d'Italie fährt Felix, dann will er nicht weiter, parkt in einer Seitenstraße. Es ist halb elf mittags, wir sind überdreht, aufgekratzt und albern vor Schlaflosigkeit, setzen uns bei einem Café in den Schatten großer Platanen und beobachten den Platz. Ein riesiger Kreisverkehr, Autos fahren hupend durcheinander, Mopeds schlängeln sich hindurch. Die Menschen auf dem breiten Gehweg sind bunter, als wir das aus Göttingen gewohnt sind. Afrikanische Kleidungsstücke in leuchtenden Farben. Eine kleine Gruppe arabischer Frauen trägt Kopftuch, lange mantelförmige Kleider und große Einkaufstaschen aus dem Supermarkt. Dazwischen junge Leute, nach der neusten Mode mit großen, verspiegelten Sonnenbrillen. Wir trinken unseren Espresso. Ich gehe in einen Tabac, Zigaretten kaufen. Das Umrechnen ist kein Problem, drei Francs sind ungefähr eine Mark. Die Schachtel kostet sechs Francs, das ist billiger als die billigsten Zigaretten in Deutschland.

Felix und Katja haben bereits einen Plan gemacht. Hier irgendwo ein Hotel suchen, ein paar Stunden schlafen, danach ein Ausflug zum Eiffelturm, am nächsten Morgen weiter in den Süden. Wir gehen in die Richtung, in der irgendwo die Seine sein muss, bleiben vor jedem Hotelschild stehen, um die Preise zu studieren. Eigentlich ist es egal, sie sind alle nicht besonders teuer und wir wollen nur noch schlafen. Le Frérot, kleiner Bruder, scheint uns ein schöner Name für ein Hotel, und so klingeln wir an der großen Tür, die sich mit einem Summen öffnet.

Auf der Straße scheint die Sonne, drinnen brennt Licht. Rot gemusterter Teppich auf den fünf Treppenstufen, die zu einem kleinen Vorraum führen. Ein dunkelbrauner Tresen, eine Lampe mit grünlichem Schirm, dahinter ein Bord mit Schlüsseln und dazwischen eine Dame mit schwarz gefärbten Haaren, die uns über ihre Brille hinweg anschaut, ohne eine Miene zu verziehen. Von draußen kommen keine Geräusche, im Haus ist es still. Katja hatte Französisch in der Schule, so ist sie es, die versucht, der Frau hinterm Tresen klarzumachen, dass wir ein Zimmer für eine Nacht suchen. Es gibt keine Zimmer für drei Personen, nur eins mit einem Doppelbett und einem Sofa. Ungesehen nehmen wir es, bezahlen im Voraus und fahren mit einem rumpelnden Aufzug, der nur mit einem Scherengitter geschlossen wird, in den dritten Stock.

Das Zimmer ist fast quadratisch, ein großes Fenster geht auf die Straße hinaus. Es ist heiß und stickig. Lärm dringt von unten herauf. Auch hier der rote Teppich aus dem Treppenhaus, die Vorhänge undefinierbar braungrau. Die Matratze des Doppelbettes hängt durch, und ich bin froh, das Sofa nehmen zu können, auf dem ein Kopfkissen und eine Decke liegen. Zwei weiße Bettlaken hat die Frau vom Empfang uns mitgegeben. Wir ziehen die Vorhänge vor das geöffnete Fenster und schlafen trotz Lärm und Hitze sofort ein.

Als ich aufwache, weiß ich nicht sofort, wo ich bin. Es ist dunkel, die Geräusche der Straße sind gedämpft, schwellen nur kurz an, wenn der Wind den Vorhang auseinanderweht. Die Sonne ist verschwunden, der Himmel voller grauschwarzer Wolken, Windböen fegen trockene Blätter von den Platanen. Felix ist wach, Katja unter der Bettdecke vergraben. «Ich will raus, was meint ihr?» Felix schaut zum Fenster: «Das fängt ja doch gleich an zu regnen. Ich glaube, ich bleibe liegen.» Katja dreht sich nur auf die andere Seite und murmelt: «Ich muss noch schlafen.» So ziehe ich mich an und schließe leise die Zimmertür hinter mir.

Kein Mensch begegnet mir auf dem Flur oder im Fahrstuhl, auch die Rezeption ist nicht besetzt. Als ich vor der Tür stehe, atme ich tief durch. Nach dem stickigen Zimmer bin ich froh um die Böen, die die schwüle Luft durcheinanderwirbeln. Ich laufe durch die Straßen, schaue in Schaufenster und Cafés, kleine Restaurants und Werkstätten. Ich denke an Felix, der im Hotel mit Katja im Bett liegt. Felix und Katja. Felix und Tom. Ich weiß nicht, welche Rolle ich in diesem Trio spiele. Eifersucht ist bürgerliche Scheiße. Ich hätte Felix gern für mich allein. Ich weiß, dass ich keine Ansprüche stellen darf, soll diese Reise nicht zu einem Fiasko werden. Ich weiß nicht, ob ich das kann.

Schließlich stehe ich wieder an der Place d'Italie. Plötzlich bin ich glücklich und aufgeregt. Das ist Paris, das ist die große, weite Welt. Ich gehe hinunter zur Metro und schaue auf einem Stadtplan, wie weit es bis zum Eiffelturm ist. An einem Automaten ziehe ich ein Ticket, lasse mich vom Strom der Menschen durch das Drehkreuz in das Labyrinth der unterirdischen Gänge treiben. Einbahnstraßen für Fußgänger, Treppen, Durchgänge, die nur in eine Richtung begehbar sind. Es riecht ganz anders als die U-Bahnen in Berlin oder Hamburg, und als der Zug einfährt, quietscht es nicht. Die Metro fährt auf Gummirädern. Aus dem Tunnel hinaus fährt sie ein paar Stationen zwischen Baumwipfeln. Die goldene Kuppel des Invalidendoms leuchtet kurz auf vor der pechschwarzen Gewitterwand, die über der Stadt liegt. Die Seine, der Eiffelturm rechts schon sehr nah. Und wieder hinab unter die Erde zur Station Trocadéro, wo ich aussteige.

Das Gewitter entlädt sich mit krachendem Donner. Ein paar Sprünge retten mich ins Trockene. Ich stehe auf den hohen Treppenstufen des Palais de Chaillot mit seiner Säulenfront, der Regen rauscht ruhig und gerade vor mir herab. Eine Viertelstunde später lässt er nach. Der nass glänzende Platz zwischen den grauen Gebäudeflügeln ist leer, das Gewitter hat die Souvenirhändler und Touristen vertrieben. Über breite Treppen geht es hinab zur Seine. Die Autos auf der Straße weit unter mir sind winzig und, zumindest aus dieser Entfernung, geräuschlos. Auf der anderen Seite des Flusses der Eiffelturm.

Lange stehe ich hier oben an die breite Mauer gelehnt. Die Luft ist kühl und frisch. Ich gehe hinunter, die unterschiedlich hohen Fontänen in den Wasserbecken verteilen kleine Sprühnebelschleier. Die Kassenhäuschen unter dem Turm sind längst geschlossen, die Scheinwerfer leuchten auf. Während es dunkel wird, gehe ich zurück am Ufer der Seine entlang, verliere mich in Straßen und kleinen Plätzen, bis ich auf einen breiten Boulevard komme, der, wie ich auf dem Stadtplan an einer Metrostation sehen kann, direkt auf die Place d'Italie führt.

An der Rezeption des Hotels steht jetzt ein Mann, der mich misstrauisch mustert. Ich sage unsere Zimmernummer, er greift nach dem Schlüssel, der natürlich nicht am Brett hinter ihm hängt. «My friends are there», versuche ich es auf Englisch. Ich bin nicht sicher, ob er versteht, aber er nickt mit dem Kopf und ich gehe zum Fahrstuhl.

Ich klopfe, bevor ich die Tür öffne, Felix und Katja sitzen angezogen auf dem Bett. «Na endlich», sagt Katja, «ich verhungere.» «Ihr habt doch nicht auf mich gewartet?» «Doch natürlich. Oder hast du schon was gegessen?», fragt Felix. «An Essen habe ich gar nicht gedacht – aber jetzt, wo ihr davon sprecht...» «Dann lass uns gehen.» Felix hat den Zimmerschlüssel schon in der Hand.

Auf der Straße werfen wir eine Münze, links oder rechts, und betreten die erstbeste Pizzeria, die wir finden. Auf dem Rückweg kaufen wir in einem kleinen Laden, der auch um zehn noch geöffnet hat, zwei Flaschen Wein, die wir, unter unseren Jacken versteckt, mit ins Hotel nehmen. Die kleinen Nachttischlampen verbreiten nur wenig Licht. Von gegenüber blinkt eine Leuchtreklame. Wir trinken den Wein aus der Flasche, rauchen am offenen Fenster, schauen auf die immer noch nasse Straße. Es ist halb drei, als wir das Licht ausmachen und das Farbenspiel der Leuchtreklame an der Decke beobachten. Erst ist es nur ein einzelner roter Punkt, es werden immer mehr, bis fast die ganze Decke rot gesprenkelt ist. Die Farbe wechselt, alles wird blau. Es blinkt fünfmal. Dann sechs Sekunden Dunkel. In dieser Zeit wischt ab und zu das weiße Licht eines vorbeifahrenden Autos durchs Zimmer. Dann beginnt es von vorn. Wieder mit einem einzelnen roten Punkt.

Der Morgen ist grau, leichter Nieselregen liegt in der Luft. Wir gehen in ein kleines Café und trinken an der Bar einen Espresso, essen Croissants. Weltmännisch schüttele ich zum zweiten Kaffee eine Winston aus der Packung und stecke sie lächelnd in den Mundwinkel. Das könnte mir gefallen: Jeden Morgen an einer solchen Bar meinen Kaffee trinken. Warum nicht Paris? Ich habe keine Ahnung, was ich hier machen würde. Ich habe auch keine Ahnung, was ich in jeder anderen Stadt machen würde. Noch einige Monate Zivildienst, dann steht mir alles offen. Das Abenteuer kann beginnen. Das fühlt sich gut an.

Auf der Weiterfahrt wird der Himmel immer blauer, das Licht immer heller, die Landschaft immer südlicher. Bis hinter Lyon leisten wir uns noch einmal den Luxus der Autobahn. Als es dämmert, fahren wir ab. Unter einem Olivenbaum breiten wir Decken aus, darauf Brot, Käse, Wein und Oliven, die wir unterwegs gekauft haben. Wir trinken und essen, dann liegen wir, die Arme unter dem Kopf verschränkt, und schauen in den dunkler werdenden Himmel, in dem die ersten Sterne aufgehen. Katja schläft. Felix stützt den Kopf auf die Hand und schaut mich an: «Bist du eigentlich verliebt in mich?» Schlagartig ist meine Schläfrigkeit wie weggeblasen. Von Liebe war zwischen uns noch nie die Rede. «Wie kommst du drauf?» «Du schaust mich manchmal so an, ich weiß nicht, wie ich das sonst nennen soll.» Jetzt nicht zu viel sagen. «Also, es ist nicht so, dass ich Tag und Nacht nur noch an dich denken kann, aber ein bisschen verliebt bin ich schon.» Felix schiebt seine Hand unter mein T-Shirt und lässt sie auf meiner Brust liegen: «Na, dann habe ich das doch richtig gesehen. Du sagst, wenn es für dich schwierig wird.» Neben ihm liegt die schlafende Katja, mit der er seit zwei Jahren zusammen ist. Ich habe ihm gerade meine Liebe gestanden, seine Hand liegt auf meiner Brust und alles, was er sagt, ist: «Sag, wenn es für dich schwierig wird!» Kein Gedanke daran, dass es vielleicht auch für ihn schwierig sein könnte. Ich lege meine Hand auf seinen Arm. Er zieht seine Hand unter meinem Shirt hervor, legt sie in meine. Dann lässt er sich zurück auf den Rücken rollen. Lange liegen wir so Hand in Hand und schauen in den Nachthimmel, und ich hoffe auf eine Sternschnuppe.

Später in der Nacht. Vielleicht eins oder halb zwei. Wir sind in Orange. Die Straßenlaternen leuchten gelb unter den mächtigen Platanen, ein kräftiger, warmer Wind weht uns trockene Blätter um die Beine, über uns der südliche Himmel. Kein Mensch ist auf dem Platz vor dem antiken Amphitheater. Unvorstellbare eintausendachthundert Jahre stehen diese Mauern schon hier. In Göttingen ist das älteste Haus von Vierzehnhundertirgendwas. Ich setze mich auf einen Mauervorsprung. Katja steht in der Mitte des Platzes, breitet ihre Arme aus und dreht sich langsam im Kreis, als wollte sie den ganzen Platz umarmen. Felix lehnt, den Kopf gesenkt, an einer Mauer und raucht. Eine Pose wie von James Dean. Er hebt den Kopf und schaut mich an, dann guckt er wieder nach unten, stützt einen Fuß an die Mauer und fährt sich mit der Hand durch die Haare. Er zieht noch einmal an seiner Zigarette, und als er danach hochsieht, grinst er übers ganze Gesicht.

Wir schlafen im Auto, und am nächsten Morgen fahren wir nach Avignon und weiter in die Camargue. Wildpferdeherden stehen auf den Wiesen, Flamingos im seichten Wasser, Mückenschwärme machen einen Aufenthalt im Freien fast unmöglich. Als wir in einem kleinen Ort am Meer auf der verglasten Veranda eines Cafés eine Suppe essen, beginnt es, aus dem verwaschen-blassblauen Himmel zu regnen. Mit der Sonne ist auch das Heitere, Unbeschwerte aus unserem Zusammensein verschwunden. Das Gespräch ist einsilbig, jeder hängt seinen Gedanken nach. Als der Regen eine Pause macht, bauen wir am Rand einer Wiese unter einigen Bäumen unsere Zelte auf. Schweigend gehen wir noch ein paar Schritte am Meer entlang, und als es gegen halb acht wieder anfängt, in dünnen Streifen zu regnen, bin ich froh, allein in mein Zelt kriechen zu können. Lange liege ich wach. Ich sehe Felix, wie er in Orange an der Mauer lehnt. Er weiß, was er mir bedeutet. Er spielt mit mir. Es ist ein Spiel, das ich nicht mitspielen will.

Am nächsten Morgen scheint wieder die Sonne. Gleich hinter unserem Schlafplatz entdecken wir ein Feld mit Gemüse. Wir pflücken mit nur geringfügig schlechtem Gewissen drei Tomaten und eine Paprika zum Frühstück. Alles könnte schön sein, aber die Stimmung ist dahin. Katja hat begriffen, dass ich eine Gefahr für ihre Beziehung bin. Sie beginnt zu kämpfen, will Felix behalten. Bei jeder Gelegenheit demonstriert sie, dass Felix zu ihr gehört, schmiegt sich an ihn, küsst ihn unvermittelt. Das Unterwegssein und der sonnige Himmel haben mich beflügelt. Jetzt, wo es darum geht, ein paar Tage zu verweilen, will ich weg, will allein sein. Was ich auf keinen Fall will, ist irgendwelcher verquerer Psychostress.

Wir sitzen unter Sonnenschirmen auf verschnörkelten Metallstühlen vor einem Café. Kleine brummende Maschinen polieren die glänzenden Steinplatten, mit denen Montpellier gepflastert ist. Vor uns steht Campari. «Ich verlasse euch morgen früh.» Weder Felix noch Katja fragen, warum. «Schade, ich finde wir sind ein gutes Team.» Klar, für Felix gibt es kein Problem. Ich sage: «Finde ich auch. Aber ich gehe lieber, solange es noch so ist.» Es gibt nichts darüber zu reden. «Sollen wir dich zur Autobahn fahren?» Es ist natürlich Katja, die es kaum erwarten kann, dass sie ihren Felix ganz für sich hat. Ich bin unfair, das weiß ich.

Am nächsten Morgen setzen die beiden mich an der Mautstelle oberhalb von Montpellier ab. Es ist noch früh am Tag, warmer Wind zerzaust die Wolken zu langgezogenen Schleiern. «Kann ich eine Straßenkarte mitnehmen? Ihr habt doch noch den Atlas.» Ich binde meinen Schlafsack auf dem Rucksack fest und zerre beides aus dem Auto. Das Zelt lasse ich liegen, hab keine Lust, es mitzuschleppen. Katjas Umarmung ist kurz und herzlich. Der Groll, den ich gestern gegen sie hatte, ist verschwunden. Sie kann ja nichts dafür. Ich küsse Felix zum Abschied auf den Mund, ein Bruderkuss. Er schlägt die Heckklappe zu, und als er wendet und sie hupend davonfahren, fühle ich mich großartig. Alles kein Ding, ich kann damit umgehen. Vor mir liegen die Freiheit und das Abenteuer – auch wenn es nur daraus besteht, drei Tage allein zurück nach Göttingen zu trampen.

4 GÖTTINGEN
HERBST 1984

Auf meiner Rückreise habe ich genug Zeit, um über alles nachzudenken, und zurück in Göttingen ist für mich klar: Felix und Tom, das kann nichts werden. Ich will gar nicht erst versuchen, ihm aus dem Weg zu gehen, dafür ist die Stadt zu klein. Und warum sollte ich auch? Wir haben uns nicht gestritten. Wir haben keinen Psycho. Wir sind zusammen in den Urlaub gefahren und getrennt zurückgekommen. Was soll sein? Wir werden miteinander sprechen, als wäre nichts gewesen. Aber ich bin nicht mehr in ihn verliebt, denn das tut mir nicht gut. Darüber bin ich hinweg. Das beschließe ich.

KLINIKUM

Es ist Anfang September, und ich sitze vor einem Bildschirm in einem winzigen fensterlosen Zimmer, das vollgestopft ist mit Computern. Das ist der schnelle Block. Der Job besteht darin, die Messergebnisse der Blutproben, die in den verschiedenen Laboren auf dem gleichen Flur bestimmt und auf schmale Papierstreifen gedruckt werden, in den

Computer zu tippen. Wie gesagt, sechzehn Stunden Wochenarbeitszeit. Das ist der Grund, warum die Stelle so beliebt ist. Außerdem ist nur drei Türen weiter die Blutbank, wo Keule und Bimmel arbeiten. Wenn es langweilig wird oder der Computer abgestürzt ist, was mindestens einmal die Woche vorkommt, schaue ich bei den Blutpunks vorbei. Bei denen kann man den Himmel sehen, und immer steht eine Kanne Kaffee bereit.

Gleich an meinem zweiten Arbeitstag nach dem Urlaub sitzt Felix dort. Keule ist im Kühlschrank, sortiert die Blutkonserven ein, die eben vom Roten Kreuz gekommen sind, Bimmel macht eine Bestellung für den OP fertig und schaut nur kurz auf. «Nimm dir 'nen Kaffee – Felix kennst du, oder?» Ich ziehe einen Hocker unter der niedrigen Arbeitsfläche hervor und setze mich neben Felix. «Seit wann seid ihr wieder da?» «Vorgestern. Wir sind noch mal quer durch Frankreich bis in die Bretagne. Und du?» «Ich bin schon fast 'ne Woche wieder da. War zwei Tage bei meiner Cousine in Freiburg.» Mit leisem Surren schickt Bimmel den Telelift auf die Reise. «Kommt ihr mit nach draußen, 'ne Zigarette rauchen?»

Schön ist es, wie wir da auf dem Balkon stehen und in die Nachmittagssonne schauen, alle drei in weißen Ärztekitteln und Birkenstock-Sandalen. Bimmels grün gefärbter zippeliger Iro leuchtet in der Sonne, Felix ist braungebrannt und hat die blonden Haare kurzrasiert, ich mit schulterlangen roten Haaren. Das Telefon auf der Blutbank klingelt. «Nie hat man seine Ruhe», sagt Bimmel und verschwindet. Ich drücke meine Zigarette auf der Brüstung aus, werfe sie in das alte Marmeladenglas, das dafür auf dem Fensterbrett steht.

Im Umdrehen schaue ich Felix an. Er guckt ernst und sagt nichts. Dann geht der Pieper in seiner Tasche. «Ich muss. Dein Zelt liegt noch in meinem Auto. Soll ich es dir bei Gelegenheit vorbeibringen?» «Ich kann es auch abholen.» «Wie lange arbeitest du?» «Ich beschicke noch die Stationen, dann bin ich fertig.» «Ich kann dich nach Hause fahren.» «Ich bin mit dem Rad da.» «Kein Problem, das passt doch auch ins Auto. Dann musst du das Zelt nicht schleppen.» «Gut, wo treffe ich dich?» «Ich parke rechts neben der Auffahrt.» Er deutet auf den Parkplatz und ich sehe den orangen VW-Bus. «Halb sechs?» «Halb sechs!»

Einen Rolltisch mit Aktenbergen neben mir, stehe ich im engen Versandraum. Mechanisches Arbeiten. Telelift kommt, Deckel auf, Mappe mit Blutergebnissen rein, auf der Zahlenleiste die Kennung für die Stationen einstellen, Deckel zuklappen, Startknopf drücken. Die blauen Wagen fahren auf einer Schiene senkrecht die Wand hoch, ein kleines Stück über Kopf unter der Decke entlang und verschwinden durch die Wand in einem dunklen Schacht. Auf einer anderen Schiene kommen leere Wagen und stoßen scheppernd aneinander. Siebenundvierzig habe ich auf der Schalttafel angefordert.

Da bin ich also gleich beim ersten Zusammentreffen wieder mit Felix verabredet. Als wäre nichts gewesen. Kein Psycho, alles normal. So hatte ich es mir vorgenommen. Aber will ich das wirklich? Soll ich nicht einfach mein Fahrrad nehmen und nach Hause fahren? Geschissen auf das Zelt. Aber damit würde ich zugeben, dass es da etwas zwischen uns gibt, was nicht einfach und unkompliziert ist.

Stell dich nicht so an, ist ein Satz, mit dem man mich immer kriegt. Ich will mich nicht anstellen. Mein Zelt liegt bei Felix im Auto, und er hat angeboten, mich und das Zelt nach Hause zu fahren. Gibt es irgendeinen vernünftigen Grund, das abzulehnen?

Ich schicke den letzten Wagen weg und weiß immer noch nicht, wie ich mich verhalten soll. Aber Felix lässt mir keine Wahl. Als ich meinen Kittel an den Haken hänge und meinen Rucksack zusammenpacke, steht er schon in der Tür. «Ich bin fertig. Komm, wir holen dein Fahrrad. Vielleicht fahren wir noch an den Baggersee, bevor ich dich zu Hause absetze?» Ich stelle mich nicht an, und es fällt mir nicht schwer.

BAGGERSEE

Wieder sitze ich in Felix' VW-Bus. Wieder fahren wir mit offenen Fenstern durch den Sommerabend und der Wind pustet durch das Auto. Es ist erstaunlich warm für Anfang September, von der schmalen Straße wirbelt Staub auf. Felix ignoriert das Durchfahrt-verboten-Schild und fährt bis ans Seeufer. Bagger und Förderbänder auf der anderen Seite stehen still, die über den Hügeln am Horizont untergehende Sonne färbt sie rot. An der Badestelle herrscht Aufbruchstimmung. Ich sehe keine bekannten Gesichter, auch Felix scheint niemanden zu kennen. Wir schmeißen unsere Sachen von uns und springen ins Wasser.

Felix liegt schon auf einer Decke im Sand, als ich aus dem Wasser komme, mich neben ihn setze und versuche, nicht zu auffällig seinen glatten, braunen Körper zu bewundern. Ich strecke mich neben ihm aus, und er greift ganz selbstverständlich meine Hand. Drei Wochen ist es her, da lagen wir so in einem Olivenhain und ich habe auf eine Sternschnuppe gehofft, um einen Wunsch frei zu haben. Jetzt ist es noch viel zu hell für Sternschnuppen und ich weiß nicht, was ich mir wünschen sollte. Auf der neugebauten Hochgeschwindigkeitstrasse der Bahn fährt ein Zug vorbei. Die Gleise sind fast einen Kilometer weit weg. Man hört den Zug kaum, aber die Frösche scheinen die Erschütterung zu spüren und fangen alle gleichzeitig an zu quaken. Ob aus Schreck oder aus Freude, ist nicht zu sagen. Wir ziehen uns an und Felix fragt: «Magst du noch mit zum Abendessen kommen? Ich bin dran mit kochen.» «Was gibt es denn?» «Nix Besonderes. Spaghetti und Salat.» «Gerne. Ich hab nichts weiter vor heute.» Auf einmal kann ich mir nicht mehr erklären, warum ich Felix und Katja in Südfrankreich verlassen habe.

HAUPTSTRASSE

Durch einen links und rechts von einer niedrigen Hecke eingefassten Plattenweg geht man auf das L-förmige, zweistöckige Haus zu, das in der Göttinger Szene allgemein nur «die Hauptstraße» genannt wird. Einige der Bewohner haben schon in der besetzten Augenklinik zusammengewohnt. Sie teilen sich in vier WGs auf: im rechten Flügel zwei Frauen-WGs, oben links die Psychos – so genannt, weil es bei ihnen manchmal ein bisschen hysterisch zugeht – und unten links die Jungs. Dort wohnt Felix.

Als wir das Gartentor aufmachen, kommt ein großer Mischlingshund auf uns zugestürmt, der zu hoffen scheint, dass endlich jemand mit ihm spielen will. Auf der Wiese rechts des Weges wachsen Büsche und kleine Bäume, vor dem Haus stehen abgenutzte Gartenmöbel. Das aufblasbare Planschbecken daneben hat fast alle Luft verloren, eine kleine Pfütze grünlichen Wassers steht darin.

In der Küche brennt Licht. Auf der Eckbank sitzt einer von Felix' Mitbewohnern, trinkt Bier und liest die «taz» von vorgestern. Er schaut nur kurz hoch und sagt «Hallo». «Wir fangen jetzt an zu kochen. Aber geht schnell, so 'ne halbe Stunde vielleicht.» Robert, so heißt der Mann auf der Bank, nickt. «Ich habe mir vorhin schon 'n Brot geschmiert, aber ich esse was mit. Sven ist nicht da, also sind wir zu fünft.» Felix holt Gemüse und Salat aus dem Kühlschrank. «Soll ich was helfen?» «Wenn du willst, kannst du den Salat waschen und 'ne Soße dafür machen.»

Ich bin schon ein paarmal hier im Haus zu Besuch gewesen, allerdings bei den Psychos, die ich aus der Juzi kenne. Immer ist mir dieser betont lässige und scheinbar desinteressierte Umgang mit Besuchern aufgefallen. Keiner erkundigt sich nach Namen, selten wird gefragt, zu wem man will oder was man hier macht, vorausgesetzt, das Gesicht ist irgendwie bekannt, und das ist in der überschaubaren Göttinger Szene nicht schwer. Man braucht ein bisschen, um zu begreifen, dass das Desinteresse nicht unfreundlich gemeint ist. Eigentlich sind alle im Haus sehr nett. So schaut Felix' Mitbewohner doch noch mal von seiner Zeitung auf und sagt: «Im Kühlschrank liegt Bier. Wenn du eins magst, nimmste dir.»

Ich decke den Tisch, stelle fünf Teller drauf. Andreas und Eugen kommen, durch das Klappern angelockt, aus ihren Zimmern. Als die Nudeln dampfend auf dem Tisch stehen, schaut Sabine aus der WG nebenan herein, fragt: «Kann ich was mitessen? Bei uns wird heute nicht gekocht.» «Klar, nimm dir 'nen Teller aus dem Schrank.» «Wir haben drüben noch 'ne halbe Flasche Wein. Hole ich schnell.»

Das Gespräch dreht sich um Politisches. «Habt ihr das Flugblatt zur Stadtsanierung gelesen?» «Fährt eigentlich jemand nächste Woche zu diesem Schacht-Konrad-Treffen?» «War jemand auf dem letzten Autonomenplenum?» Ich sitze daneben und kann zu all dem nur wenig sagen, esse schweigend meine Nudeln, beobachte Felix und seine Mitbewohner. Auch in meiner WG sitzen wir gemeinsam beim Essen und reden über alles Mögliche, aber die Hauptstraße ist ein ganzes Stück weiter oben in der Szenehierarchie. Oder es kommt mir jedenfalls so vor. Die Bewohner scheinen älter, irgendwie erwachsener, die Themen ernsthafter und wichtiger. Ich fühle mich wie der kleine Bruder auf Besuch, bin irgendwie erleichtert, als das Essen vorbei ist und Robert anfängt, Geschirr zu spülen. «Komm, wir nehmen ein Bier aus dem Kühlschrank mit und setzen uns aufs Dach», sagt Felix.

Auf dem Dachboden steht die warme Luft, eine Leiter lehnt an der Luke. Das Flachdach ist leicht abschüssig, und es sitzen schon drei aus der Psycho-WG dort und lassen einen Joint herumgehen. Felix breitet den Schlafsack, den er mitgebracht hat, ein Stück abseits aus, wo nur noch das leise Gemurmel der anderen zu hören ist. Die Teerpappe hat die

Hitze des Tages gespeichert, wärmt von unten, während über uns der Himmel dunkler und die Luft frischer wird. Im Osten leuchtet der Abendstern. Wir liegen nebeneinander auf dem Rücken, die Arme hinterm Kopf verschränkt.

«Sag mal, willst du wirklich Schauspieler werden?» Ich kenne das schon. In den politischen Zusammenhängen, in denen Felix sich bewegt, ist Schauspielerwerden fast genauso exotisch wie Astronautwerden. Ich habe ihm von meiner Theater-AG in der Schule erzählt, von der freien Theatergruppe Musik und Szene, mit der ich im Jungen Theater aufgetreten bin. «Ich will mich an 'ner Schauspielschule bewerben. Wenn die mich nicht nehmen, muss ich sehen.» «Und wenn sie dich nehmen, dann würdest du einfach aus Göttingen weggehen?» «Warum nicht?» Ich sage das, als wäre es eine Selbstverständlichkeit, aber sicher bin ich mir nicht. Ich würde das alles schon vermissen: die Juzi, die politische Arbeit, die kleinen und größeren Aktionen. Aber auch in anderen Städten gab es eine autonome Szene. Und Theater zu machen, musste ja nicht heißen, dass man sich darin verlor. Ich konnte trotzdem noch rausgehen und mich engagieren. «Man kann ja auch politisches Theater machen.» «Und das bringt die Weltrevolution voran?» Felix sagt das ironisch und lacht dazu. «Aber Chefarzt in einem großen Krankenhaus zu werden, das bringt sie voran?» «Nee, natürlich nicht. Ich weiß auch gar nicht, ob ich das Medizinstudium fertigmache. Aber als Arzt könnte man zum Beispiel nach Nicaragua gehen oder in Afrika verhungernden Kindern helfen.» «Der Albert Schweitzer aus Göttingen.» Jetzt müssen wir beide lachen. Wer kann schon sagen, was in ein paar Jahren sein wird, wenn wir nicht einmal wissen, was morgen ist.

Das Bier ist alle, der Abendstern hat Gesellschaft bekommen, das Gespräch wird spärlicher. «Ich glaube, ich gehe mal nach Hause. Ich schlafe gleich ein, wenn ich hier so liege.» «Soll ich nicht einfach noch 'nen Schlafsack holen und du schläfst hier?» Felix bringt auch zwei Kissen mit, und als seine Atemzüge neben mir schon ruhig und gleichmäßig sind, liege ich noch wach und denke zum zweiten Mal in wenigen Stunden, wie unkompliziert und schön das Zusammensein mit ihm ist. Es ist egal, ob ich schwul bin und Felix hetero ist, es ist egal, ob ich mit ihm schlafe oder nicht. Da gibt es so vieles, was wir zusammen machen können. Und es kann doch nicht richtig sein, dass ich es besser finde, den Mann, den ich liebe, nicht zu sehen, nur weil ich ihn nicht mit Haut und Haaren für mich haben kann. Das ist kapitalistisches Besitzdenken, keine Liebe.

Als ich am nächsten Morgen aufwache, ist der Platz neben mir leer. Ich rolle den Schlafsack zusammen und klettere durch die Luke ins Haus. Unten auf dem Küchentisch liegt ein Zettel: «Hallo Tom, bin schon weg. Mach dir 'nen Kaffee, nimm dir ein Brot. Wir sehen uns.» Robert kommt vom Briefkasten zurück und hat wieder eine «taz» unterm Arm. «Kaffee habe ich gekocht. Ist in der Thermoskanne. Ich lege mich noch mal hin.» Ich hole mir eine Tasse aus dem Schrank. Eine der Frauen von oben guckt zur Tür herein. «Ist Martin schon wach?» Ich bin mir nicht ganz sicher, ob ich jemanden, der Martin heißt, gestern gesehen habe, deshalb sage ich: «Felix ist weg, Robert hat sich noch mal hingelegt und alle anderen habe ich nicht gesehen.» «Na, ist egal. Dann frage ich heute Abend.» Sie ist schon fast zur Tür heraus, da dreht sie sich noch einmal um: «Du wohnst doch in der Calsow?» «Ja, stimmt.» «Grüß mal Angelika.» «Kann ich machen.» «Sag einfach: von Suse aus der Hauptstraße, dann weiß sie schon.» «Ja, mache ich.» Ich trinke den Kaffee aus, male eine Sonne unter Felix' Zettel und breche auf. Mein Fahrrad steht neben der Eingangstür an die Hauswand gelehnt, das hat er aus dem Auto geholt, bevor er losgefahren ist. Das Zelt hat er wohl vergessen.

AUTOBAHNRASTSTÄTTE

Eine Woche später treffe ich Felix im Podium. Er sagt: «Habe ich mir doch gedacht, dass ich dich hier treffe.» Das klingt, als hätte er mich gesucht. Wir sitzen vorne am Billardtisch und trinken Bier. Gabi und Tine setzen sich dazu. Wir erzählen vom Urlaub, von Paris, dem Süden, von Cuxhaven und der Nordsee, wo die Mädchen zelten waren. Es ist halb eins. Matze hat Feierabend. Schon in Jacke setzt er sich zu uns. «Ich bin mit dem Auto da. Machen wir noch einen kleinen Ausflug?»

Aus dem verrauchten, feuchtwarmen Mief des Podium kommend, stehen wir fröstelnd in der kühlen Herbstluft, ziehen die Schultern hoch und zünden uns Zigaretten an. Matze, Gabi, Tine, Felix und ich. Wir schlendern hinüber zu dem alten Opel Kadett, ein bisschen verbeult, Aufkleber auf dem hellblauen Lack. Matze dreht die Stereoanlage laut. Gabi sitzt vorne. Tine dreht sich eine Zigarette und schaut aus dem Fenster. Felix hat seinen Arm um mich gelegt. Nur ein paar hundert Meter, dann sind die Straßenlaternen der

Stadt verschwunden, uns schluckt die Nacht. Schlafende Dörfer, ich vermute, Hunde bellen, aber wir hören sie nicht, wir hören Genesis.

«They say the lights are always bright on Broadway.
They say there is always magic in the air.»

Schließlich taucht neben uns die Autobahn auf, einzelne LKW, sonst kaum Verkehr. Über eine Lieferzufahrt fahren wir zur Raststätte, parken direkt vor dem Selbstbedienungs-restaurant, aus dessen großen Fenstern gelbes Licht auf den Parkplatz fällt. Die Türen öffnen sich automatisch, aus versteckten Lautsprechern leise HR3. Wir nehmen zwei Tabletts und schieben sie auf den Metallstangen der Ablage an den erleuchteten Glaskästen des Büffets vorbei. Gabi nimmt eine Boulette und ein halbes Brötchen mit Käse. Wir alle drücken am Kaffeeautomaten auf die Taste, die dafür sorgt, dass sich die darunter gestellten Becher mit schwarzem Kaffee füllen. Matze und ich bestellen zwei Bockwürste mit Brötchen und Senf. Gelangweilt drückt die Kassiererin ihre Zigarette in den Aschenbecher neben der Kasse und geht nach hinten, die Bockwürste aus einem Topf mit heißem Wasser angeln: «Senf nehmter euch selber», sagt sie und deutet auf eine gelbe Flasche. Felix angelt noch zwei Bounty aus den schräg gestellten Kisten mit Schokoriegeln, dann zahlen wir und setzen uns an einen Tisch am Fenster.

Wir essen, trinken unseren Kaffee, Tine raucht schon wieder. Es sind nur wenige Tische besetzt. An einem sitzen drei ältere, dicke Männer, Fernfahrer vermutlich, und spielen Skat. Ein Ehepaar, er die Arme vor dem Bauch verschränkt, starrt schweigend ins Dunkle hinaus. Vor einem Mann im grauen Overall stehen leere Bierhumpen und fünf kleine Schnapsgläser. Der fährt heute hoffentlich nicht mehr weiter. Vielleicht kommt er aus dem Dorf, das neben der Raststätte liegt.

Warum sehen Menschen nachts auf einer Autobahnraststätte immer so verloren aus? Sie kommen irgendwoher, sie wollen irgendwohin, und dazwischen machen sie Pause an diesem Ort im Nichts, an dem irgendwie alle alleine sind. Ich sehe uns fünf um den Tisch sitzen, sehe uns träumen, spüre die Sehnsucht, das Warten hätte ein Ende, die Reise möge endlich beginnen, ob in die Ferne oder in ein Zuhause, auf jeden Fall gemeinsam. «Der lange Weg, der vor uns liegt, führt Schritt für Schritt ins Paradies», sagen Ton Steine Scherben. Daran glaube ich. Aber ich weiß auch: Keiner kennt das Zauberwort. Selbst, wenn wir heute Nacht zusammenbleiben und keiner von uns nach Hause geht, wird die Zeit uns irgendwann trennen. Ich schaue Felix an. Als er aufschaut, treffen sich unsere Blicke. Die Kassiererin, in ihrem zu engen weißen Kittel, zündet sich eine neue Zigarette an.

«Was machen wir?», fragt Matze. «Sollen wir nach Hannover ins Depot fahren?» «Ja, klar, die Hälfte der Strecke haben wir schon geschafft.» «Kann ich mir 'ne Zigarette von dir drehen?» «Bis wir da sind, machen die das Licht an und fangen an zu kehren.» «Es ist Samstag, die machen doch nicht vor fünf oder halb sechs zu.» «Und wie spät ist es jetzt?» «Kurz nach drei.» «Lohnt sich nicht mehr.» «Schade, das hätte ich lustig gefunden.» Gabi ist für solche Aktionen immer zu haben, aber heute kann sie Tine, Felix und mich nicht überzeugen. «Na gut, dann fahr ich euch jetzt nach Hause.» «Ich habe mein Fahrrad am Podium stehen.» «Ich auch.» Wir stehen auf und schieben die Tabletts in den bereitstehenden Abräumwagen. Die Frau an der Kasse nickt uns zu.

Die Nacht ist immer noch dunkel, aber erste dünne Streifen Tageslicht versprechen einen goldenen Oktobertag, als Matze uns am Podium absetzt. Tine will noch einmal kurz rein. Gabi fährt mit Matze nach Hause. Felix und ich radeln ein Stück an der Leine entlang, an meiner alten Schule vorbei. Am 82er Platz trennen sich unsere Wege. Wir umarmen uns flüchtig. Ich sitze schon wieder auf meinem Fahrrad, als Felix mich am Arm festhält. Er beugt sich zu mir und küsst mich auf den Mund. «Kommst du noch mit zu mir?» Ich bin überrumpelt. «Glaubst du, das ist eine gute Idee?» «Würde ich sonst fragen?» Oft habe ich mir vorgestellt, mit Felix ins Bett zu gehen. Jetzt habe ich auf einmal Angst davor. Aber nur für einen Augenblick. «Klar komme ich mit.»

5 GÖTTINGEN
HERBST 1985

Wieder ist es Herbst, wieder stehen die ersten Bäume kahl. Ein Jahr mit Felix. Ein Jahr, in dem ich mit ihm auf Diskussionsveranstaltungen, Orgatreffen und Demos ging, wir lange Abende Doppelkopf am großen Küchentisch in der Hauptstraßen-WG spielten, Ausflüge mit dem Fahrrad machten, am See in der Sonne lagen. Es ist schnell vergangen. Es soll genau so weitergehen, das besprechen wir auf der Fahrt von Hamburg zurück nach Göttingen. In Felix' Worten: «Keine falsche Rücksicht. So lange ich es kann, will ich bei allem dabei sein, wie immer.» Doch uns ist klar, alles wird sich ändern, es ist nur eine Frage der Zeit. Dass unser Leben endlich ist, bisher hatten wir es kaum geglaubt. Jetzt begreifen wir es mit Schrecken. Der Tod wird ein Teil unserer Gedanken. Wir lernen neue Wörter sprechen und schreiben: human immunodeficiency virus. Acquired immune deficiency syndrome. HIV. Aids. Es sind englische Wörter, denn aus Amerika scheint das Virus zu kommen. Und von dort, ist sich Felix sicher, hat er das Virus mitgebracht. Er war während der Schulzeit ein Jahr auf einem Austausch in der Nähe von Boston. Mit dem großen Bruder eines Mitschülers verbrachte er lange Wochenenden in einer Hütte am See.

Das klingt romantisch und war es wohl auch. Er verspürt keinen Zorn. «Der kann genauso wenig dafür wie ich.» «Aber das muss doch schon vor 1981 gewesen sein.» «Ja, und? Da gab es doch auch schon Aids. 1976 gab es einen großen Hepatitis-Test bei Schwulen in San Francisco und in New York. Von vierhundert Proben wurden später zwanzig Prozent positiv auf HIV getestet. 1976!» Wie so oft weiß er mehr als ich, hat alles gelesen, was er über das Thema finden konnte.

CALSOWSTRASSE

Es ist bereits dunkel, als vor uns die Ausfahrt Göttingen auftaucht. Die Fahrt hat länger gedauert als gedacht. Die Sonne schien noch, als wir in unseren Bulli stiegen, aber ohne Heizung wird es bald eisig kalt. Eingepackt in zwei Pullover und mit Decken auf den Knien halten wir es keine Stunde aus. Zweimal sitzen wir lange in einer Autobahnraststätte, um uns aufzuwärmen. Felix fährt mich in die Calsowstraße. Ich wäre heute Nacht gern bei ihm geblieben. Aber er sagt, er müsse nachdenken, wolle allein sein, ich könne ihm nicht helfen. Ich muss so traurig geguckt haben, dass er es ist, der mir, als ich meine Tasche aus dem Auto zerre, Mut zuspricht: «Kopf hoch, Kleiner. Das ist noch nicht das Ende der Welt. Wir können ja morgen ins Kino gehen. Im Iduna-Zentrum läuft der neue Derek Jarman.» Ich könnte heulen. Felix fährt hupend davon.

In allen Fenstern des kleinen zurückgesetzten Hauses brennt Licht. Angelika, Roger und Marion sitzen in der Küche beim Essen, Sybill ist auf einem Theaterworkshop und kommt erst morgen wieder. «Hast du Hunger? Is' noch was da. Bringste dir 'nen Teller mit aus der Küche.» Hunger habe ich nicht, aber ich setze mich trotzdem dazu. «Sieht lecker aus.» Bei Roger und Marion bin ich nicht ganz sicher, ob sie wissen, warum Felix und ich nach Hamburg gefahren sind. Mit Angelika habe ich darüber gesprochen, aber erst als Roger die Teller abräumt und sagt «Ich koch noch einen Espresso» und Marion sich eine Zigarette dreht, fragt sie: «Jetzt erzähl schon, oder willst du nicht drüber reden.» «Doch, klar, aber ist nicht einfach.» «Also ist Felix positiv?» «Ja, ist er.» Schweigen senkt sich über den Tisch. Einziges Geräusch, das Klicken des Feuerzeugs, als Marion ihre Zigarette anzündet. Roger stellt die Espressokanne auf den Tisch. «Und, hast du es auch?» Angelika verdreht die Augen. «Das kann er doch jetzt gar nicht wissen.» Darüber hatte ich tatsächlich kaum nachgedacht. Sex ist nie das größte Thema zwischen Felix und mir gewesen, und wir hatten immer aufgepasst, Kondome benutzt. Aber natürlich musste ich nun auch einen Test machen. «Keine Sorge, du steckst dich nicht an, wenn wir aus dem gleichen Glas trinken.» Das soll ein Witz sein. Keiner findet ihn komisch. Wenn auch vieles darüber bekannt ist, wie das Virus übertragen wird, bleibt ein Rest Unsicherheit. Allen in meinem Umfeld ist klar, dass man es nicht vom Händeschütteln kriegt, oder wenn man aus dem gleichen Glas trinkt. Aber ob Knutschen beim Safer Sex nun okay ist oder nicht, habe ich mit Felix schon diskutiert.

Als der Kaffee getrunken ist, verschwinden Roger und Marion in ihren Zimmern. Angelika geht noch auf ein Bier in den Theaterkeller. «Willste mitkommen?» «Nee, lass mal. Ich geh ins Bett.»

In meinem Zimmer ist es warm. Ich habe zum ersten Mal in diesem Jahr den Ofen angeheizt. Das einzige Licht zwei Kerzen, die auf den weiß gestrichenen Fußbodendielen stehen. Ich lege mich ins Bett, aus den Boxen der Anlage Musik.

«I wake up in the morning and I wonder
Why everything's the same as it was …
I can't understand, no – I can't understand
How life goes on the way it does …»

Skeeter Davis, ich hatte das Lied sofort im Ohr, als Felix sagte: «Das ist noch nicht das Ende der Welt.» «Noch nicht», hat er gesagt.

KINO

Am nächsten Tag treffen wir uns auf der Fußgängerbrücke zum Iduna-Zentrum. Wir stehen eine Weile im Nieselregen über das Geländer gebeugt, schauen auf die Autos unter uns hinab. Die Scheinwerfer spiegeln sich in den Pfützen der nassen Straße. Felix raucht. Uns ist kalt, wir gehen hinüber zum Kino.

An der Kasse gibt es Bier und Schokolade, kein Popcorn. Wir kaufen zwei Karten und suchen uns Plätze im fast leeren Kino. Sieben Leute teilen sich mit uns die fünf Reihen. Werbung und Vorschauen dauern lange, dann beginnt der Film. Ein zerstörtes England, verlassene Docks und zerfallene Lagerhallen, Landschaften am Fluss. Junge Männer stehen zwischen Schrott und Trümmern mit nacktem Oberkörper um flackernde Feuer, hüpfen oder tanzen, schlagen mit Stangen und Brettern um sich. Die Szenen zerhackt, verwackelt, unzusammenhängend. Die Farben in dieser Welt graugrün oder orange. Bengalische Fackeln brennen weiße Löcher auf die Leinwand. Menschen in ärmlicher Kleidung werden von Paramilitärs mit Maschinengewehren zusammengetrieben. Sie kauern auf den Docks am Wasser, frierend im Freien, bewacht. Ein Mann wird aus der Gruppe herausgeführt. Ihm werden die Augen verbunden. Er wird erschossen. Tilda Swinton zerschneidet das Hochzeitskleid, das sie am Leibe trägt, tanzt vor brennenden Brettern. Ein Derwisch in flatternden Fetzen, eine Silhouette, dahinter giftig leuchtend der Abendhimmel. Ein Mann steht nackt auf einem Schrottplatz und frisst einen rohen Blumenkohl. Dazwischen montierte Super-Acht-Filme aus dem Familienarchiv, der kleine Derek bei Kaffee und Kuchen im Garten mit seinen Eltern und seiner Schwester. Die Farben nicht bearbeitet, Technicolor der Fünfzigerjahre. Der Vater in der Uniform der Royal Air Force. Das Gartenidyll ist unterlegt mit einem Klangteppich aus heulenden Flugzeugmotoren, explodierenden Bomben. Die Aufnahmen, sie wirken inszeniert, künstlich. Die glückliche Familie ist eine Erfindung in unnatürlich bunten Farben. Die Einsamkeit, der verlorene Blick, der graue Himmel, die orangen Wolken, in diesen Bildern kennen wir uns aus. Das ist unser Leben. Das zerstörte, zerbrochene Land, das ist unsere Wirklichkeit. Die Zivilisation ist am Arsch. Unser Leben kaputt, kaum dass es angefangen hat. Wir sind gefangen auf diesem Schrottplatz, den uns unsere Eltern hinterlassen haben.

ARZT

Wirklichkeit ist auch das Wartezimmer meines Arztes, in dem ich sitze. Stühle an der Wand, das knietiefe Fenster zur Hälfte mit weißer Tüllgardine verhängt. Auf der breiten Fensterbank ein Christusdorn, verschiedene Schlachterpalmen und Grünlilien. Vor zehn Tagen habe ich mir Blut abnehmen lassen. Jetzt warte ich auf das Ergebnis. Mit mir warten drei Rentner, eine junge Frau. Ich habe keine Angst. Schon vor seinem Ergebnis war sich Felix sicher, positiv zu sein. Genauso sicher bin ich mir, dass ich es nicht bin. Nervös werde ich erst, als die Arzthelferin meinen Namen aufruft. Der Doktor kommt mir entgegen, reicht die Hand, bevor er sich hinter seinen Schreibtisch setzt, auf dem eine einzelne Akte und ein DIN-A4-Blatt mit Blutwerten liegt. «Ich kann sie beruhigen. Zunächst sieht es so aus, als ob sie sich nicht angesteckt hätten.» Ich bin jetzt doch erleichtert. «Sie sollten allerdings in drei Monaten erneut einen Test machen, denn wenn sie sich erst vor Kurzem infiziert haben, dann können wir das unter Umständen heute noch nicht sehen.»

Ich gehe ins Kleine Café, hole mir eine Schale Milchkaffee vom Tresen und setze mich an den Bistrotisch im großen Fenster. Die Scheibe ist beschlagen. Die Passanten auf dem schmalen Bürgersteig tragen Schirme gegen den Schneeregen, haben die Schals bis über die Nase gezogen. Felix hatte in Hamburg Sekt bestellt. Mir ist nicht nach feiern, auch wenn ich auf das Leben anstoßen könnte. Ich werde nicht die Medikamente mit den heftigen Nebenwirkungen nehmen müssen, ich werde nicht sterben, bevor ich dreißig bin, ich werde Felix überleben.

6 GÖTTINGEN UND UMGEBUNG
DEZEMBER 1984 BIS SEPTEMBER 1985

Winter 1984. Nach Helmut Schmidt regiert nun schon zwei Jahre Helmut Kohl. Die Gnade der späten Geburt hat es an die Spitze der Bundesrepublik gebracht. Eine Mischung aus Selbstzufriedenheit und Biedersinn hat das Land in grauen Dauerschlaf versetzt. Aussitzen statt Veränderungen. Ich finde es zum Kotzen und bin damit nicht allein. Wir haben unsere Glaubenssätze, die wir auf Transparente malen und auf Demos tragen: «Keine Macht für Niemand» und «Macht kaputt, was euch kaputt macht», «Die Häuser denen, die drin wohnen» oder «Atomkraft? Nein danke». Wir sind uns nicht sicher, ob es ein richtiges Leben im falschen geben kann, wollen es zumindest nicht unversucht lassen. Sicher sind wir uns, dass es ein richtiges und ein falsches Leben gibt. Dass es unsere Entscheidung ist, ob wir Teil der Lösung oder Teil des Problems sein wollen. Die Lösung liegt in unserem Zusammenleben. In endlosen Diskussionen mühen wir uns damit ab, die Einflüsterungen der Gesellschaft zu analysieren. Wir suchen den Punkt, an dem es sich zu kämpfen lohnt. Wir wissen: Das Private ist politisch. Wir wissen: Wir sind nur eine Minderheit. Wir wissen: Kämpfen und leben, das gehört zusammen.

Auch Felix und ich gehören jetzt zusammen. Sachlich gehen wir an das Thema Beziehung heran. Romantische Liebe, Zweisamkeit, das Konzept von Ehe und Treue taugt für uns nicht als Vorbild. Sie sind der Konsens der bürgerlichen Gesellschaft. So wollen wir nicht sein. Autonomie und Kollektivität sind unsere Maxime. Gemeinsamkeit und Unabhängigkeit, den Ausgleich zwischen widerstreitenden Bedürfnissen zu suchen und zu leben, das ist unser tägliches Bemühen. Manchmal tut es weh.

PUNK IN DER JUZI

Es ist der zwanzigste Dezember, als Keule im Juzi-Büro steht. «Jetzt sag schon, was ist los?» Er druckst herum. «Du willst mir doch nicht erzählen, dass Tin Can Army nicht auftreten kann? Seit Wochen reden die Punks von nichts anderem. Ein Konzert an Heiligabend, das hat es in Göttingen noch nie gegeben.» «Na ja, also, Bimmel muss Weihnachten nach Frankfurt zu seinen Eltern.» «Und das fällt ihm am zwanzigsten Dezember ein?» «Die streichen ihm sonst das Geld fürs Studium.» Da kann man nichts machen. Keule telefoniert, ich hänge im Probenraum und am Infobrett Zettel auf: «Bands gesucht!» Zwei Tage später haben wir vier zusammen, die jeweils zwanzig Minuten spielen. Weihnachten kann kommen.

Vorher wird noch Malte krank, jetzt fehlt einer am Tresen. Karin sagt: «Können wir Felix nicht fragen?» So treffen wir uns am Vierundzwanzigsten bei ihr zum Kochen und Essen. Karin, Sabine, Wolfgang, Felix und ich. In der Juzi ist alles vorbereitet, Anlage und Mikrofone sind aufgebaut, die Kühlschränke bis oben mit Bier gefüllt. Als wir um neun aufschließen, brauchen wir uns nur hinter den Tresen zu setzen und zu warten, bis die Gäste kommen.

Schmunzelnd beobachten wir die kleinen Grüppchen in zerfetzten Hosen und Lederjacken, mit Sicherheitsnadeln im Ohr und Hundehalsbändern um den Hals, die nach und nach die ausgeräumte Teestube bevölkern. Um elf stehen sie bis in den Flur, weil drinnen kein Platz mehr ist, und wir stapeln neue Bierflaschen in die Kühlschränke. Um halb zwölf spielt die erste Band. Alles dröhnt und der Drummer haut aufs Schlagzeug, dass es scheppert. Das Publikum wird zu einer hüpfenden, wogenden Masse, bellende Hunde mittendrin. Sie machen es den Menschen nach und tanzen Pogo.

Um eins stehen die Bullen vor der Tür. Die beiden Beamten trauen sich nicht herein, und so verhandeln Karin und ich frierend am Eingang mit ihnen. Auf der Straße wartet eine Wanne mit laufendem Motor, um ihnen den Rücken zu stärken. «Das Konzert ist nicht angemeldet.» «Das ist auch kein Konzert, sondern eine geschlossene Veranstaltung für die Mitglieder der Juzi.» «Trotzdem hätten sie die Veranstaltung anmelden müssen.» «Hat sich jemand beschwert?» «Bis jetzt noch nicht. Aber wenn, kommen wir wieder und dann ist Schluss.» Beruhigt gehen wir zurück hinter unseren Tresen. Um uns herum sind nur Verwaltungsgebäude und zwei Schulen, im Haus der Burschenschaftler schräg gegenüber ist alles dunkel, und der Stadtwall schützt die dahinter liegenden Häuser vor Lärm. Keiner wird sich beschweren.

Im Laufe des Abends wird das Publikum deutlich gemischter. Zwischen den bunten Iros und kahlrasierten Köpfen sieht man lange Haare und neben Nietenjacken und zerrissenen Netzstrumpfhosen selbstgestrickte bunte Pullover und Latzhosen. Die Hauptstraße ist fast vollständig erschienen, Roger und Angelika aus meiner WG sind auch da. Kurz nach Mitternacht kommt Katja. Ich habe sie seit unserem Urlaub ein oder zweimal in der Stadt gesehen. Wir begrüßen uns freundlich, wechseln belanglose Sätze. Sie setzt sich an den Tresen, und wenn er Pause macht, setzt Felix sich zu ihr.

Es ist zwei, die letzte Gruppe spielt ihre dritte Zugabe. Alle sind sich einig, dass es ein gelungenes Konzert war. Die ersten gehen nach Hause. Wolfgang ruft die letzte Runde aus, Karin und ich sammeln Flaschen ein, beginnen, hinter dem Tresen und in der Küche Ordnung zu machen. Ich wische gerade einen der großen Kühlschränke aus, als Felix neben mir steht. «Ist okay, wenn ich jetzt gehe?» «Ja, klar. Wir sind auch gleich durch.» «Hat Spaß gemacht. Ihr könnt mich gerne mal wieder für eine Tresenschicht einplanen.» «Gehst du nach Hause?» «Nee, ich gehe zu Katja.» Nichts anmerken lassen. Nicht klammern, keine Besitzansprüche, weg mit der Scheiße. «Wir können ja morgen Abend mal telefonieren.» «Ja, klar, machen wir.» Ich küsse Felix flüchtig. Alles kein Problem.

Ich wische immer noch in dem Kühlschrank herum, als Karin in die Küche kommt. «Sie sind weg. Du kannst wieder vorkommen.» «Der war ganz schön versifft, der Kühlschrank.» «Der war schon vor 'ner Viertelstunde sauber, der Kühlschrank.» Karin winkt ab. «Finde ich nicht korrekt von Felix, dich hier so sitzenzulassen. Schließlich ist Weihnachten.» «Felix kann machen, was er will.» «Klar, aber fühlt sich scheiße an, oder?» «Ja, fühlt sich scheiße an.» «Musst du ihm sagen. Ich finde, auch Felix kann sich nicht alles erlauben.» Am Tresen sitzen nur noch Roger und Angelika. Wolfgang fegt Kippen und leere Bierdosen zusammen. Sabine hat die Tür schon abgeschlossen. «Komm, wir trinken noch ein Bier und dann gehen wir alle nach Hause.» Wenn Weihnachten das Fest der Familie ist, dann ist das hier meine Familie.

Felix ruft nicht an am nächsten Tag. Er kommt vorbei. Ich schlafe bis zum frühen Nachmittag, da ist der Frühstückstisch in der Küche schon abgeräumt. Ich koche Tee, schmiere mir Brote, nehme alles mit in mein Zimmer und gehe wieder ins Bett. Irgendwann schlafe ich noch mal ein. Es ist dunkel, als ich aufwache und Felix auf der Bettkannte sitzt. «Ich wollte dir nur dein Weihnachtsgeschenk vorbeibringen.» Habe ich mit einer Entschuldigung gerechnet? Für ihn gibt es nichts zu entschuldigen. Er ist mit Katja gegangen, hat vielleicht mit ihr geschlafen, das ändert nichts an dem, was wir zusammen haben. Eifersucht ist eine bürgerliche Erfindung.

Ich mache die Klemmlampe neben meinem Bett an. Auf dem Tisch, an die Schreibmaschine gelehnt, steht die neue Platte von Bronski Beat. Ich hatte mir Sätze zurechtgelegt, die ich Felix sagen wollte. Von einem Augenblick auf den anderen stimmen sie alle nicht mehr. Es gibt nichts zu besprechen. Mit seinem Geschenk bringt er mich in Verlegenheit. Ich habe nichts für ihn. «Magst du sie auflegen?» Felix schaltet die Anlage an, legt sich neben mich aufs Bett. Als die erste Seite vorbei ist, stützt er den Kopf in beide Hände. «Ich dreh dir jetzt die Platte noch um, dann gehe ich nach Hause.» «Wann sehen wir uns?» «Morgen muss ich zu meinen Eltern. Weihnachtsessen. Das wird schrecklich, aber ich habe es versprochen.» «Danach?» «Ich glaub nicht. Aber übermorgen. Wir könnten aufs Land fahren, ein bisschen spazieren gehen.» «Wenn es nicht regnet.» «Vielleicht schneit es ja, das wäre doch toll.»

«You and me together
fighting for our love
Can you tell me why?»

GEORGETTE IM WALDSCHLÖSSCHEN

Es dauert dann doch noch bis in die erste Januarwoche, bevor es zu unserem Ausflug aufs Land kommt. Wir fahren nach Bremke, laufen durch den Wald, entlang der roten Sandsteinfelsen, nasse Flecken Schnee liegen zwischen den Bäumen.

Nach zwei Stunden stehen wir wieder am Auto. Wir haben den VW-Bus vorm Waldschlösschen geparkt, einer großen Fachwerkvilla, die einmal als Ausflugslokal gebaut wurde. Das Haus stand einige Jahre leer, inzwischen wurde es von einem Verein gekauft und zu einem schwulen Tagungshaus umgebaut. Der Saal wird für Veranstaltungen und als Seminarraum genutzt, im ersten Stock sind Zimmer mit Schlafräumen. Workshops finden hier statt, genau wie Seminare zur politischen Bildung. Unterm Dach wohnen die Leute, die das Haus organisieren, in einer WG zusammen.

«Sollen wir schauen, ob Rainer und Ulli da sind?» Ich kenne Rainer aus der Schule, er war mein Gemeinschaftskundelehrer und der erste offen lebende Schwule, dem ich begegnete. Er versuchte, mir in der elften und zwölften Klasse die Feinheiten von Freud und Marcuse näherzubringen. Ulli ist sein Freund. Felix ist neugierig, die beiden kennenzulernen, und ich möchte ihnen Felix vorstellen. «Der gehört jetzt zu mir.»

Wir gehen zum Haus hinüber. In allen Fenstern brennt Licht. Irgendetwas findet im großen Saal statt, man hört Gemurmel und Stühlerücken. In der Großküche rührt Niko in den Töpfen für das Abendessen. «Rainer und Ulli sind oben. Geht einfach rauf.» Die Tür zur WG im Dachgeschoss ist offen, aus dem Musikzimmer klingt Musik. Rainer sitzt am Klavier und spielt Beethoven-Sonaten. Er ist kein bisschen überrascht, als wir plötzlich vor ihm stehen, geht mit uns in die Küche, kocht Tee, stellt Tassen auf den Tisch. Kurz darauf kommt Ulli und setzt sich dazu.

Teetrinken, Plätzchen essen, rauchen. Rainer erzählt aus der Schule. Sein Status als exotischer Vogel im an und für sich liberalen Lehrerkollegium geht ihm auf die Nerven. «Und die Schüler werden auch nicht klüger.» Wenn ich an mein halbherziges Interesse für sein Seminar «Soziologie der Sexualität» denke, kann ich nur zustimmend nicken. Trotzdem habe ich in seinen Stunden einiges gelernt, was ich auch heute noch relevant finde. Wohingegen mein Biologielehrer mir zu erklären versuchte, dass manche Menschen Homosexualität für eine alternative Lebensform und nicht für eine Krankheit halten mögen, «wir Naturwissenschaftler das aber natürlich besser wissen». Rainer träumt davon, seine Lehrerstelle hinzuschmeißen, sich ganz dem Waldschlösschen zu widmen. Ulli sagt: «Aber einer muss doch das Geld ranbringen. Da gibt man so 'ne Beamtenstelle nicht auf.» «Ich könnte ja zur Polizei gehen. Die suchen immer jemanden, und es gibt noch diese schicke Uniform dazu.» «Ich bin nichts, ich kann nichts, gebt mir eine Uniform!» skandiert Felix und alle müssen lachen.

«Georgette Dee kommt in drei Wochen», sagt Ulli. «Die ist toll. Wenn ihr sie noch nicht kennt, müsst ihr unbedingt kommen.» Ich hatte von Georgette gehört. «Ja, klar, da müssen wir kommen. Verkauft ihr schon die Karten oder können wir reservieren?» «Ich reserviere euch was. Es wird bestimmt voll.» «Mach mal gleich vier oder fünf, da kommt bestimmt noch wer mit.»

Drei Wochen später liegt Schnee auf den Tannen und der Parkplatz vor dem Waldschlösschen steht voller Autos. Ulli hat uns das Sofa und die beiden Sessel gleich rechts neben der Bühne reserviert. Die kleinen runden Tische in der Mitte des Saales sind alle besetzt, ebenso die Sofas an der Fensterseite. Als immer mehr Menschen kommen, werden aus dem ersten Stock große, rechteckige Tische geholt und in den Saal geschleppt, damit auch darauf Leute sitzen können. Georgette trägt ein einfaches schwarzes Schlauchkleid, die Schminke ist dezent, die lockigen blonden Haare sind echt, keine Perücke. Terry Truck am Klavier ist ein sanfter Musiker im schwarzen Anzug, Stichwortgeber und perfekter Begleiter, der es ergeben und freundlich lächelnd erträgt, wenn Georgette ein Lied zum dritten Mal abbricht, um der zuvor erzählten Geschichte noch eine Pointe hinzuzufügen.

«Stellen Sie sich mal vor, Sie befinden sich auf einem Kreuzfahrtschiff.

Und auf diesem Schiff, da ist Herr Terry der Barpianist und Frau Georgette ist die Neckermann-Pauschalreisende.

Die beiden verstehen sich so gut, dass sie sich Abend für Abend in der Schiffsbar stundenlang zuhören können.

Doch eines Abends sagt Herr Terry plötzlich:

Was würden Sie tun, wenn dieses Schiff unterginge?

Wie?

Ja, du hast fünf Minuten, dann ist alles vorbei.

Hmmm... ich bin jetzt dramaturgisch an dieser Stelle sehr geschickt und kontere mit der Gegenfrage: Was würden Sie denn tun. Konter.

Ich würde zu dem Flügel gehen und Chopin spielen.

Och, das haben Sie sich doch vorher überlegt – das kenne ich. Das ist schon schön. Jetzt weiß ich, was ich machen würde. Ich würde ins Schiffsrestaurant gehen, und da würde er sitzen, dieser junge, schüchterne Brillenträger, der sich immer vor Aufregung die Cornflakes auf den Schoß kippt, sowie ich zum Frühstücksbuffet entere. Er würde dasitzen und auf mich warten, und ich würde zu ihm gehen und sagen: ‹Guten Abend, wir sinken. Darf ich mich setzen?›»

Georgette trinkt mehrere Flaschen Sekt auf der Bühne, zerhackt einen Geburtstagskuchen mit dem Messer in handliche Stücke, wirft sie mit beiden Händen ins Publikum. Genauso wirft sie mit großen Brocken Gefühl um sich, singt von Welt- und Liebesschmerz, um gleich darauf hinzuzufügen, die Nacht ist nicht allein zum Schlafen da. «Geburtstagslieder fürs Hexenkind» heißt das Programm. An diesem Abend sind wir alle Hexenkinder, und mit unseren magischen Kräften werden wir die Welt um uns herum verändern, da sind wir uns sicher. Wir sind jung, das Leben liegt vor uns.

RENTE JETZT

Aber auch über das Altwerden machen wir uns Gedanken. Die Gewerkschaften plakatieren überall ihre große Kampagne zur 35-Stunden-Woche. Dazu haben wir eine eindeutige Meinung, und so ist für uns klar: Raus zum Ersten Mai! Wir, das sind an diesem trüben Morgen zwanzig Autonome. In langen grauen Mänteln und mit Fellmützen auf den Köpfen, stehen wir am Straßenrand aufgereiht wie das Politbüro in Moskau. Winkend nehmen wir die Parade ab. Hinter uns ein großes Transparent: «Keine Vierzig-Stunden-Woche, keine Dreißig-Stunden-Woche, Rente jetzt!» Als die offizielle Gewerkschaftsdemo an uns vorbeizieht, heben wir die Faust zum Gruß und rufen: «Rente jetzt, Rente jetzt.» Einige winken lachend zurück. Dann ist der Zug vorbei. Wir rollen unser Transparent ein. Die Stadt ist nicht groß, die Wege sind kurz. Zwei Straßen weiter stehen wir wieder am Straßenrand, heben die Faust. Zwei Teilnehmer wechseln die Seiten und kommen zu uns herüber. Sie werden herzlich begrüßt, Sven steckt ihnen kleine Lenin-Anstecker an die Jacke. Drei weitere Male lassen wir den Gewerkschaftszug an uns vorbeimarschieren. An der

Weender Straße stehen wir auf der Kreuzung zur Fußgängerzone. Die Demo stockt, als wir uns mit unserem Transparent und schwarz-roten Fahnen an die Spitze des Zuges setzen. Die letzten Meter zur Abschlusskundgebung auf dem Marktplatz müssen die Gewerkschafter hinter uns herlaufen. Wo wir sind, ist vorne. Wie eine Liturgie singen wir: «Keine Vierzig-Stunden-Woche, keine Dreißig-Stunden-Woche, keine Fünfundzwanzig-Stunden-Woche.» Dann hüpfen und rufen wir rhythmisch: «Rente jetzt, Rente jetzt, Rente jetzt.» Auf dem Marktplatz verankern wir unser Transparent zwischen zwei Straßenlaternen und gehen Bier trinken, während von der Tribüne herunter Reden gehalten werden, die uns nicht interessieren. Stunden später ist der Marktplatz leer, nur unser Transparent hängt immer noch einsam zwischen den Laternen. Wir lassen es hängen und gehen nach Hause.

Die Demo findet Erwähnung in der nächsten «Radikal», einer Zeitschrift, die monatlich im Roten Buchladen zu kaufen ist und die mindestens zweimal im Jahr wegen ihrer kämpferischen Artikel mit großem Aufwand von Staatsanwaltschaft und Polizei beschlagnahmt wird. In der Juliausgabe findet sich eine seitenlange Abrechnung eines antiimperialistischen Forums mit der vorherrschenden Spaßkultur. Die in unseren Augen so erfolgreiche Göttinger Erste-Mai-Kundgebung wird als Beispiel aufgeführt, wie man vom wahren Kampf zur Befreiung von Lohnsklaverei und Konsumterror ablenkt und letzten Endes die Ernsthaftigkeit der ganzen Bewegung untergräbt.

Felix, der die Rente-jetzt-Demo mit vorbereitet hat, ist

empört. Elitären Scheiß nennt er diesen Artikel. Aber als ich «Ein bisschen Spaß muss sein» singe, findet er das nun auch wieder nicht lustig. Ernst muss man es schon nehmen mit der politischen Arbeit. Eigentlich sind Felix und ich da einer Meinung. Doch es gibt Unterschiede. Einen richtigen Streit haben wir zum Beispiel über Theweleits «Männerphantasien». Wochenlang liegen die beiden dicken Bände neben Felix' Bett, und er füllt die Seiten mit Unterstreichungen und Anmerkungen. Ich dagegen blättere nur kurz darin, lese wenige Passagen und lege das Ganze mit dem zugegebenermaßen überheblichen Kommentar «Hirnwichserei» wieder aus der Hand. Da ist Felix beleidigt. Zwei Tage später schenkt er mir «Der Tod des Märchenprinzen» von Svende Merian. Das sei ein Buch, das meinem intellektuellen Niveau wohl besser entsprechen würde. Nun bin ich beleidigt. Es dauert einige Tage, bis wir vernünftig über die Sache reden und schließlich darüber lachen können.

CALSOWSTRASSE

Mitte Mai will Felix für vier Tage zu dem Seminar «Autonomie im Häuserkampf» nach Berlin. Erst habe ich überlegt mitzufahren. Ich hätte Paula besuchen können, die mir mein Zimmer in der Calsowstraße vermittelt hat. Da ich aber so kurzfristig keinen Urlaub nehmen kann und mich hätte krankschreiben lassen müssen, außerdem die Aussicht auf tagelange Diskussionsrunden dann doch nicht so verlockend erscheint, fährt Felix allein. Und ich mache mir ein bisschen Gedanken um meine WG, denn das ist nötig.

Etwas zurückgesetzt in einem mit Holunder und Brennnessel zugewucherten Garten steht ein kleines Haus, das ist die Calsow. Marion hatte dort zunächst eine Frauen-WG gegründet. Das Verhältnis zwischen Frauen und Männern ist in der autonomen Szene ständiger Anlass für Kämpfe und Diskussionen. Viele Frauen wollen diese Diskussion nicht auch noch zu Hause führen. Eine WG ohne Männer war ein politisches Statement und versprach darüber hinaus ein weitgehend konfliktfreies Zuhause. So weit die Theorie. Doch die Frauen-WG in der Calsowstraße scheiterte nach nur wenigen Monaten durch einen großen Streit, von dem im Nachhinein keine der Bewohnerinnen mehr sagen konnte, worum es dabei eigentlich ging. Marion, auf die der Hauptmietvertrag lief, verkündete danach, Roger, mit dem sie seit der Schulzeit zusammen war und der sowieso die meiste Zeit bei ihr abhing, solle das Zimmer neben ihrem bekommen. Angelika hatte nichts dagegen. Sybill kam über einen Zettel, den Marion im Roten Buchladen aufgehängt hatte, neu dazu. Meine Schulfreundin Paula wohnte eine Weile unten rechts. Als ich nach meiner ersten eigenen Wohnung zu suchen begann, beschloss Paula gerade, nach Berlin zu ziehen. «Ich weiß nicht, ob es klappt, aber ich kann dich mal als Nachmieter vorschlagen», sagte sie. Ein paar Abende später saß ich mit Marion, Angelika, Sybill und Roger um einen Tisch zum Vorstellungsessen. Sybill, die ich aus der Theaterszene kannte, unterstützte meinen Einzug, die anderen dagegen wollten sich nicht festlegen und hielten sich mit konkreten Aussagen sehr zurück. Als ich mich kurz vor Mitternacht verabschiedete, hatte ich das Gefühl, dass sie jemand anders nehmen würden.

Wie es am Ende doch dazu kam, dass ich vor zwei Jahren meine Matratze und ein paar weitere wenige Sachen in Paulas ehemaliges Zimmer räumen konnte, das hat sie mir erst später erklärt. Auch wenn Angelika nichts dagegen hatte, dass Marions Freund einzog, hatte sie die Idee von der Frauen-WG nicht aufgegeben. Sie duldete Roger nur unter der Bedingung, dass die WG mehrheitlich mit weiblichen Mitbewohnerinnen besetzt wurde. Roger wiederum wollte aber nicht der einzige Mann im Haus sein, wofür Marion, trotz aller Sympathien für Angelikas Standpunkt, Verständnis hatte. Nach tagelanger Diskussion einigte man sich auf einen Kompromiss, mit dem alle leben konnten: einen schwulen Mann. Das war mein Mietvertrag.

Es ist ein Zusammenleben ohne große Ansprüche. Alle machen ihr Ding, die Organisation des Alltags läuft weitgehend problemlos. Einmal in der Woche kommt der Frischedienst, alle vierzehn Tage die Biokiste von Lass es kommen. Der Frischedienst bringt vorwiegend Milchprodukte, Käse, Wurst, manchmal auch Lachs oder Schinken. Alles Produkte, die vor einem großen Supermarkt angeliefert werden, einige Zeit unbewacht auf einem dunklen Hinterhof stehen und abgeholt und verteilt sind, bevor die ersten Mitarbeiter des Supermarktes die verbliebenen Paletten in die Verkaufsräume schieben. Dafür gibt man einer Vertrauensperson einmal im Monat zwanzig Mark. Die Biokiste kommt von einem Biobauernhof aus Volkmarode und kostet fünfundzwanzig Mark im Monat. Fast jeden Abend wird gekocht.

Kleinere Probleme gab es zunächst mit dem Abwasch, regelmäßig stapelte sich das dreckige Geschirr in der Spüle. Einmal habe ich die Küchentür mit zwei gekreuzten Brettern vernagelt und ein Schild angebracht: «Achtung, Schimmel!

Sperrgebiet!» Darauf folgte eine mehrere Wochen andauernde bittere Diskussion, warum ich denn so provozieren müsse, anstatt einfach den Abwasch zu machen, wenn mich die schmutzigen Teller und Tassen doch so nerven würden. Am Ende der Auseinandersetzung stand ein verbindlicher Abwasch- und Putzplan, der seitdem eingehalten wird.

Sauberes Geschirr und eine gewischte Treppe haben aber nicht verhindert, dass sich unsere WG seit einiger Zeit in schleichender Auflösung befindet. Die gemeinsamen Abende um den runden Küchentisch sind seltener geworden, immer häufiger liegt die Küche verwaist. Marion und Roger ziehen sich zunehmend in ihre Zweisamkeit zurück, Sybill verkündet, dass sie nicht noch einen Winter mit Holz- und Kohleofen verbringen will, und Angelika sucht bereits nach einer WG auf dem Land. Ich habe mir noch keine Gedanken darüber gemacht, wie es für mich weitergeht. Should I stay or should I go? Eigentlich erwarte ich von einer WG ein paar mehr Gemeinsamkeiten als einen Putzplan und einen gefüllten Kühlschrank. In die Hauptstraße würde ich sofort ziehen. Bei den Psychos wird immer wieder ein Zimmer frei. Wenn ich denen sagen würde, dass ich was suche, wären meine Chancen bestimmt nicht schlecht. Aber das muss ich erst mit Felix besprechen. Bestimmt ist ihm das zu dicht. Auch ich bin nicht sicher, ob ich wirklich mit ihm im gleichen Haus wohnen möchte. Noch ein knappes Jahr dauert mein Zivildienst. Wahrscheinlich sollte ich, solange niemand in der Calsow von mir eine Entscheidung verlangt, einfach abwarten, was danach kommt. Erst mal ist Sommer. Der Rest wird sich finden.

SIEBDRUCKEREI

Stefans Siebdruckwerkstatt befindet sich in einem engen Hinterhof in der Altstadt – eine Remise mit unverputzten Wänden, im Winter nur mit einem Allesbrenner zu beheizen, dessen Wärme, selbst wenn das Ofenrohr glüht, schon einige Meter entfernt kaum noch zu spüren ist. Jetzt, Ende Juni, ist es in der Werkstatt drückend heiß. Alle, die Plakate für eine Demo, eine Fete oder einfach nur als politisches Statement brauchen, lassen hier drucken oder drucken, so wie wir, selbst. Heute sind die Plakate für das Sommerfest in der Juzi dran.

Wir sind zu viert. Stefan hat uns eingeteilt und überwacht die Arbeit, während er auf einem Hocker sitzt und eine Selbstgedrehte nach der anderen raucht. Karin reicht auf der einen Seite weiße Blätter an, Malte und Jo sind mit Farbe und Rakel zugange und ich nehme auf der anderen Seite die bedruckten, noch feuchten Bögen und schiebe sie in ein Gestell zum Trocknen. Plötzlich steht Felix in dem kleinen Raum direkt neben mir. Alle sehen ihn an. «Hallo zusammen!» Stefan steht auf, zieht ihn aus der Tür. «Ihr kommt 'nen Moment ohne mich klar, oder?»

Ich sehe die beiden auf dem Hof stehen und tuscheln. Felix ist nur drei Jahre älter als ich, aber er scheint so viel erwachsener zu sein. Während wir Plakate für ein Sommerfest im Jugendzentrum drucken, plant er große politische Aktionen. Seit zwei Jahren findet das wöchentliche Autonomenplenum in der Juzi statt. Inzwischen haben sich gemeinsame Arbeitsgruppen und einige Freundschaften entwickelt. Schon lange halte ich mich mehr in der Hauptstraße auf als in der Juzi, doch irgendwie ist das Gefühl geblieben: Die Autonomen machen die wichtigen politischen Aktionen, und wir sind die Kinder mit dem Jugendzentrum.

Stefan quetscht sich an Jo vorbei an seinen Schreibtisch, der in der hintersten Ecke steht, überladen mit Büchern, Papieren, Aschenbechern und leeren Tabakbeuteln. Er kramt einen Kalender hervor. «Der nächste freie Termin ist erst am fünfzehnten. Reicht das?» «Was ist das für ein Wochentag?», fragt Felix, der in der Tür stehen geblieben ist. «Freitag in 'ner Woche.» «Gut, aber erst am Nachmittag.» «Ja, wir können auch die ganze Nacht machen – ist mir eigentlich gleich.» «Nee, so vier, halb fünf ist okay. Dann sind wir auch um elf oder zwölf fertig.»

Felix hält eines unserer frisch gedruckten Plakate hoch. «Stinktiere sterben nicht», steht drauf. «Gutes Motto.» Er grinst. «Ich nehme zwei mit, die kann ich bei uns ins Treppenhaus hängen.» Während er die Plakate zusammenrollt, schaut er mich an, zwinkert mir zu und geht.

Wir arbeiten noch eine Weile weiter. Als wir eine Pause machen, im Hof sitzen, Kaffee trinken und rauchen, setzt sich Karin neben mich. «Habt ihr Stress, Felix und du?» «Nee, wieso?» «Ihr habt gar nicht miteinander gesprochen.» «Na, gab ja auch nichts zu sprechen. Wir sehen uns sowieso heute Abend.» «Aber man sagt doch mal Hallo, wenn man sich zwischendurch trifft.» Mir scheint es ganz normal so, wie es ist. Ich bin mit den Juzis in der Werkstatt, Felix hat mit Stefan zu reden, was sollen wir da sprechen. «Manchmal habe ich das Gefühl, ihr seid gar nicht richtig zusammen.» «Wie kommst du denn darauf?» Für Karin ist Politik das eine, sich verlieben, heiraten und Kinder kriegen das andere. Sie sieht in dieser Trennung keinen Widerspruch. Manchmal beneide ich sie darum, wie klar sie das sieht, auch wenn ich anderer Meinung bin und das irgendwie anders will. «Wollt ihr eigentlich mal zusammenziehen?», fragt Karin. «Nee, ich habe doch auch noch mein eigenes Leben.» «Aber wenn man jemanden liebt, dann will man doch was Gemeinsames aufbauen, zusammenleben.» «Zusammenleben geht doch nicht nur so pärchenweise. Da gehören doch viele dazu, und jeder und jede ist dabei wichtig.» «So wichtig wie Felix?» Karin lässt nicht locker. «Anders wichtig.»

Ich bin mir sicher, dass ein Lebenskonzept mit Heiraten, Hausbauen und ewiger Treue für mich und ganz bestimmt auch für Felix nicht funktioniert. Aber an diesem Nachmittag gelingt es mir nicht, Karin zu erklären, wie ein so ganz anderes Zusammenleben denn nun aussehen sollte. Wir trinken unseren Kaffee aus und machen uns wieder an die Arbeit.

PAPIERMÜHLE

Die Papiermühle ist eine Dorfdisko, etwa zwanzig Kilometer südlich von Göttingen. In dem großen alten Haus wurden bis Anfang des zwanzigsten Jahrhunderts alte Leinenlumpen zu Papier verarbeitet. Vor ein paar Jahren haben Hippies das Gebäude gekauft. Sie wohnen in den oberen Stockwerken und öffnen mittwochs und samstags die Räume im Erdgeschoss für ein buntes Publikum. Im vorderen Bereich werden aus einer Durchreiche heraus

Getränke verkauft, es folgen einige kleine Räume, die mit Sofas und Sesseln, Stühlen und Tischen vom Sperrmüll ausgestattet sind. Hier wird Skat, Doppelkopf oder Backgammon gespielt, geredet, getrunken und viel geraucht. Im größten Raum befindet sich die Tanzfläche. Teller Bunte Knete, Tri Atma und Ton Steine Scherben werden genauso gespielt wie Donna Summer, Santana und Herbert Grönemeyer. Eine halbe Stunde fährt man mit dem Auto von Göttingen dorthin. Wir schauen mindestens alle vierzehn Tage einmal vorbei.

Ende Juni, bevor die Papiermühle für zwei Monate in die Sommerpause geht, gibt es dort ein Open Air, das ich auf keinen Fall verpassen will. Felix winkt schon im Vorfeld ab, das ist ihm zu «hippiemäßig». Meiner Vorfreude auf den Ausflug tut das keinen Abbruch. Chris, eine Freundin von mir, wohnt in Adelebsen. Von dort sind es mit dem Fahrrad nur noch zehn Minuten bis zur Papiermühle. Ihre Eltern sind rücksichtsvoll über das Open-Air-Wochenende verreist, so haben wir das Haus für uns. Samstagfrüh packen Karin, Malte und ich Schlafsäcke und Proviant auf die Fahrräder. Die Umgebung von Göttingen ist nicht gerade flach. Wir keuchen manchen Berg hinauf, legen im Schatten Pausen ein. Nach fast vier Stunden kommen wir verschwitzt und erschöpft in Adelebsen an. Chris sitzt schon mit ein paar Freunden unter den alten Bäumen im Garten. Sie trinken Erdbeerbowle, der erste Joint macht die Runde. Wir verstauen mitgebrachte Getränke und Lebensmittel im Kühlschrank und setzen uns dazu. Später wird ein großer Topf Spaghetti gekocht. Die Grundlage für die Nacht. Als der

Nachmittag sich dem Abend entgegenneigt, machen wir uns auf den Weg.

Schon von Weitem sieht man vor dem einzeln stehenden Haus der Papiermühle Autos parken. Auf der großen Wiese steht eine einfache Bühne, aus rohen Brettern zusammengezimmert. Davor einige Scheinwerfer. Sie leuchten matt, der Himmel ist noch hell. Auf Decken sitzen und liegen Gruppen bunt gekleideter Menschen in Batikpluderhosen und indischen Wickelröcken, zerrissenen Jeans und Latzhosen. Über der Wiese liegt der intensive Geruch von Marihuana, Weinflaschen machen die Runde, Bier wird an einer improvisierten Theke in Plastikbechern ausgeschenkt, drei Langhaarige kümmern sich um einen riesigen Holzkohlegrill.

Etwas abseits der Bühne finden wir einen freien Platz. Neben uns lagern einige Dorfjugendliche. Ein großer Blonder schaut interessiert herüber, die anderen beachten uns nicht. Als Erstes spielt eine Gruppe aus Eschwege Coverversionen von Pink Floyd, Genesis und Supertramp. Ein kurioser Mix, der durch die alles überlagernden Synthesizer-Klänge nicht besser wird. Danach kommt ein Liedermacher, der nur mäßige Resonanz beim Publikum erfährt. Als Letztes spielt Embryo. Deswegen sind wir hier. Jeder von uns hat eine Platte von denen zu Hause. Ich bin einmal beim Trampen eine Stunde in ihrem Tourbus mitgefahren. Eine sympathische Band. Lange Haare und Cordhosen, alle Mitglieder etwas älter als wir. 1969 gegründet, schlagen sie mit ihrer Musik die Brücke zu unseren älteren Brüdern und Schwestern zwischen Woodstock und San Francisco, sind ein Fenster zur großen weiten Welt.

Während der Liedermacher spielt, liegen wir auf unseren Decken, lassen Wein und Joints herumgehen. Der große Blonde von nebenan kommt rüber und fragt, ob er mal ziehen darf. Roland, so heißt er, setzt sich zu uns auf die Decke. Er trägt halblange Hosen, aus denen kräftige Waden hervorschauen. Sein weites armloses T-Shirt ist verwaschen. Wenn er sich vorbeugt, kann ich seine Brustwarzen sehen. Er gefällt mir. Nachdem er zurück zu seinen Kumpels gegangen ist, wandert mein Blick immer wieder zu ihm hinüber.

Endlich tritt Embryo auf, wir lassen alles stehen und liegen und drängen vor zur Bühne. Sie spielen fast eine Stunde lang, der Beifall am Ende nötigt sie zu immer weiteren Zugaben, doch ich muss so dringend pissen, dass ich es nicht mehr aushalte. Vor den DIXI-Klos steht eine lange Schlange, ich gehe hinüber zum Haus. In der Papiermühle ist es ruhig, die Räume sind leer, es ist stickig, riecht nach Zigaretten und verschüttetem Bier. In der Tür stoße ich mit Roland zusammen. Er ist ein bisschen betrunken, legt seinen Arm um meine Schulter. Seine Vertraulichkeit irritiert mich. «Hast du noch was zu kiffen?», fragt er. Also geht es nur um Drogen, nicht um Homosexualität. Irgendwie bin ich enttäuscht. «Ich kann was besorgen.» «Treffen wir uns am Tonmischpult.» «Zehn Minuten.»

Die anderen sind zu dem Platz mit unseren Decken zurückgekehrt. Zwischen leeren Weinflaschen, Zigaretten und Tabak liegen verschiedene Döschen mit Gras und Haschisch. Ich drehe einen Joint. Chris sagt: «Gute Idee.» «Den nehme ich mit, ich habe da noch 'ne Verabredung.» Malte grinst. «Doch nicht der große Blonde von vorhin.» «Genau der. Ihr braucht nicht auf mich zu warten.» «Tu nichts, was ich nicht auch tun würde», sagt Malte, und Chris sagt: «Die Haustür ist nicht abgeschlossen. Suchste dir 'nen Schlafplatz im Wohnzimmer.»

Roland steht neben dem Mischpult und schaut zu, wie der Techniker Stecker zieht, Boxen schiebt und alles unter einer großen Plane verstaut. Jetzt, wo die Scheinwerfer aus sind, erhellen nur noch einige Lichterketten die Wiese. Ein paar Meter weiter beginnt die Dunkelheit. Wir gehen Richtung Waldrand, setzen uns an einen Baum. Hier ist es still. Ich gebe Roland den Joint, damit er ihn anzündet. Es gibt nicht viel zu sprechen. Er wohnt in einem Nachbardorf, geht in Göttingen zur Schule. Er fragt, wie mir Embryo gefallen hat, selbst kann er mit der Musik nicht viel anfangen, er gehört mehr in die Hardrock-Fraktion, AC/DC und so. Wir sitzen dicht beieinander. Als er mir den Joint gibt, lässt er seine Hand auf meinem Oberschenkel liegen. Das ist jetzt nicht nur kumpelhaft. Als ich den Joint zurückgebe, drehe ich mich halb zu ihm um. Es ist zu dunkel, um Gesichtszüge zu erkennen. Ich schiebe meine Hand unter sein T-Shirt. Seine Haut ist warm und trocken. Wieder legt er einen Arm um meine Schultern. So sitzen wir, bis der letzte Zug geraucht ist. Ich spiele mit seinen Brustwarzen. Roland beugt sich zu mir und schiebt mir seine Zunge in den Mund. Wir knutschen. Meine Hand gleitet über seinen Bauch. Er öffnet die Knöpfe seiner Hose, meine Hand verschwindet zwischen seinen Beinen. Er kommt ziemlich schnell. Dann sitzen wir noch eine Weile nebeneinander. «Bleibst du hier oder fährst du noch nach Göttingen?» «Ich schlafe bei Freunden in Adelebsen.» «Haste es ja auch nicht weit.» «Und du?» «Ich muss in die andere Richtung.» «Bist du morgen wieder hier?» «Weiß noch nicht, mal sehen.» Wir rauchen noch eine Zigarette, gehen über die Wiese zur Straße, wo sein Moped steht. Knatternd fährt er davon.

Die Nacht ist warm und dunkel. Es sind nicht mehr viele Fahrräder, die um die Papiermühle herumstehen, aber ich muss eine Weile suchen, bis ich meines gefunden habe. Die Straße führt ein Stückchen durch den Wald, dann beginnen Felder. Die Temperatur verändert sich alle paar Meter. Oben auf dem Hügel ist es noch warm, eine kleine Senke hinunter merklich kühler. Ich rolle durch Adelebsen, vorbei an schlafenden Häusern. Schweiß steht mir auf der Stirn, als ich das Fahrrad vor dem Haus abstelle. Chris hat mir meinen Schlafsack in den Flur gelegt, die Tür zum Wohnzimmer steht offen. Ruhige Atemzüge, Malte schnarcht leise. Auf dem dicken Teppich liegen eine Decke und ein Kopfkissen, die sind für mich. Ich schlüpfe in den Schlafsack und bin sofort eingeschlafen.

Wir schlafen bis Mittag. Den Frühstückstisch decken wir im Garten, kochen große Kannen Kaffee und Tee. Alle sehen ein bisschen zerknautscht aus, sind aber guter Laune. «Und wie war das Abenteuer mit der Landjugend?» Ich berichte, ohne etwas auszulassen. «Seht ihr euch wieder?» «Haben wir nicht drüber gesprochen.» «Ich meine, möchtest du ihn wiedersehen?» «Weiß nicht, vielleicht.»

Gegen drei brechen die anderen auf, um noch einmal zur Papiermühle zu fahren. Ich packe meinen Schlafsack ein und fahre zurück nach Göttingen. Die Trommelgruppe, die heute Nachmittag auf dem Programm steht, ist nicht mein

Fall, so will ich lieber noch ein oder zwei Stunden am Baggersee verbringen. Und um Chris' Frage abschließend zu beantworten: Nein, ich will Roland nicht wiedersehen.

VIRUS

«Der lange Weg, der vor uns liegt, führt Schritt für Schritt ins Paradies.» Daran habe ich geglaubt. Wir wissen, was wir wollen, haben alles, was wir zum Leben brauchen, haben Zeit, der Anfang scheint gemacht. Wir lachen über alle, die sich sorgen um Beruf und Rente, verdienen genug mit gelegentlichen Jobs. Doch wir haben mächtige Feinde. Der Kapitalismus zieht die Schrauben an, um uns das Leben schwerer zu machen, unsere Zeit und unsere Zukunft zu stehlen. Wir können nicht voraussehen, wie bald uns fehlendes Geld zu dem macht, was wir nie sein wollten: zu einsamen Hamstern in einem sich immer schneller drehenden Laufrad. Manche trotzen der Übermacht in kleinen Kollektiven der Selbstausbeutung. Andere suchen nach einem individuellen Glück. Aber nicht ich allein, nicht ich und du, nur alle zusammen hätten wir eine winzige Chance gehabt, einen Raum zu erkämpfen, um das zu tun, was wirklich wichtig ist: unser aller gemeinsames Leben organisieren und, vielleicht noch wichtiger, es zu genießen und zu feiern.

Das Konzept der Autonomie kann nicht falsch sein. Es ist unser politisches Weltbild, es passt zu unserem Leben. Doch der Keim zum Zerfall dieser Utopie muss darin schon gelauert haben. Individuelle Selbstverwirklichung schien auf einmal wichtiger als kollektive Lösungen. Es ist nicht das Geld allein, das uns auseinandertreibt, die Zusammenhänge auflöst. Manchmal frage ich mich, ob es einen Weg gegeben hätte, der uns, wenn auch vielleicht nicht gleich ins Paradies, so doch zu einem anderen Zusammenleben geführt hätte. Das Private ist politisch. Haben wir das nicht ernst genug genommen?

Auch die Krankheiten, die sich in diesem Sommer in Felix' Leben schleichen, nehme ich zunächst nicht ernst. Sommergrippe, unerklärliche Fieberschübe, Durchfall, Erbrechen. Immer häufiger sagt er Verabredungen ab, weil er sich nicht wohlfühlt. Ich mache mir noch keine Sorgen. Immer gibt es eine Erklärung. Magen verdorben, zu lange in der Sonne gesessen, der Tag am Baggersee, als es sich nach dem Gewitter so plötzlich abgekühlt hatte. Dann fängt Felix an, von HIV zu sprechen. Ich wäre nie auf diese Idee gekommen. Aids, das ist Amerika, das ist Großstadt, nicht Göttingen und schon gar nicht Felix.

Doch die Serie der Krankheiten reißt nicht ab. Auch sein Arzt ist ratlos. Schließlich bin ich es, der vorschlägt, einen Test zu machen, auch oder gerade, weil ich nicht glaube, dass er positiv ausfallen könnte. «Dann ist wenigstens alles klar.» Aber Felix will nicht. «Was soll das bringen?» Er ist sich sicher, er hat das Virus. «Aber wenn man weiß, was los ist, kann man doch auch was dagegen machen.» «Alles Quatsch. Behandeln kann man Aids nicht. Alles, was es an Medikamenten gibt, macht den Körper nur noch mehr kaputt.»

Diese Diskussion führen wir drei- oder viermal. Felix sagt: «Du darfst nicht alles glauben, was man dir erzählt.» Sicher weiß er mit seinem Medizinstudium mehr, sicher versteht er die Artikel in den Fachzeitschriften, die er alle gelesen hat, besser als ich. Aber sich nicht testen zu lassen, jede Behandlung abzulehnen, das heißt für mich: aufgeben ohne überhaupt gekämpft zu haben. Felix lacht. «Alles Humbug, du hast keine Ahnung, was da läuft», und am Ende dieser Gespräche fühle ich mich jedes Mal wie ein dummer Schuljunge. Ich gebe es auf, einige Wochen lang meiden wir das Thema.

Und plötzlich ist es Felix, der seine Meinung ändert. Er hat bei mir geschlafen, ich liege noch im Bett, er ist schon angezogen und muss gleich zur Arbeit, da setzt er sich noch einmal auf die Bettkante. «Ach übrigens, ich habe mir Blut abnehmen lassen und es nach Hamburg in ein Labor geschickt, damit die einen HIV-Test machen.» «Du hast was?» «Ich fahre nächste Woche hin und hole mir das Ergebnis selbst ab.» «Wie, äh, wann?» «Donnerstag habe ich den Termin. Wenn du mitkommst, können wir ein bisschen früher losfahren und noch 'nen Tag am Meer verbringen.» Felix bindet sich die Schuhe zu. Ich sitze im Bett, die Decke um mich gewickelt. Im Zimmer ist es kalt, und durch die Büsche vor dem niedrigen Fenster blinzelt die Sonne und besprenkelt die Holzdielen mit hellen Lichtflecken. Ich weiß nicht, was ich sagen soll. «Du kannst es dir ja überlegen. Katja kommt vielleicht auch mit. Ich muss jetzt los.» Er gibt mir einen Kuss. «Alles gut, Süßer! Mach dir keine Sorgen. Wir sehen uns heute Abend.» Zwei Türen klappen, ich höre, wie er sein Fahrrad aufschließt und es den Plattenweg entlangschiebt. Das Gartentor quietscht, dann ist es still.

Typisch Felix. Wieder mal. Da habe ich wochenlang auf ihn eingeredet, jetzt hat er anscheinend schon mit Katja gesprochen, bevor er mir seine Entscheidung verkündet.

Alles, was für ihn wirklich wichtig ist, das macht er mit sich allein aus, wirft es mir hin, als ginge es mich nichts an. Er sagt nicht: «Es wäre schön, wenn du mit nach Hamburg kommst.» Er sagt: «Du kannst es dir ja überlegen.» Je länger ich darüber nachdenke, desto wütender werde ich.

Den ganzen Tag führe ich ein inneres Streitgespräch mit ihm, probiere Sätze aus, versuche Wörter zu finden, die sachlich klingen, anstatt ihn einfach anzuschreien. Die Erkenntnis kommt mir zwischendurch: Nicht zu zeigen, wie sehr er mich verletzt, das ist dann wieder typisch Tom. Jeder hat seine Muster, nach denen er sich verhält.

Als wir uns abends in der Teestube der Juzi treffen, habe ich alle Gespräche mit ihm in Gedanken schon geführt. Die klaren Sätze, sie sind ein wirres Durcheinander. Im Kopf nur weiße Leere. Felix sitzt auf dem verwaschen grünen Sofa, ich setze mich neben ihn und gebe ihm einen flüchtigen Kuss. Er lehnt sich an mich, sagt: «Kannst du mich mal in den Arm nehmen?» Fast klammert er sich an mich. «Was ist los?» «Kommst du mit nach Hamburg? Irgendwie habe ich doch Angst vor dem Ergebnis.» Weiß er, was mir den ganzen Tag durch den Kopf gegangen ist? Es macht pffff, und wie die Luft aus einem Ballon ist die angesammelte Wut verschwunden. Anstatt ihm zu sagen, was für ein Arsch er ist, halte ich ihn fest, sage: «Kopf hoch, Kleiner!» So wie er es sonst immer zu mir sagt. «Natürlich lasse ich dich nicht allein nach Hamburg fahren.»

7 GÖTTINGEN, UMGEBUNG
OKTOBER 1985 BIS APRIL 1986

Meine Theatergruppe hat ein langes Probenwochenende angesetzt. Auf dem Hohen Hagen, einem Tagungshaus in der Nähe von Dransfeld. In drei Wochen soll unsere Aufführung von Yvan Golls «Methusalem oder Der ewige Bürger» im Jungen Theater stattfinden. Felix geht es, seit wir aus Hamburg zurück sind, schlecht. Eine Mischung aus Fieberschüben, Depression und Durchfall fesselt ihn ans Bett. Ich mache mir Sorgen, als ich am Donnerstagnachmittag meine Sachen zusammenpacke. «Nein, fahr ruhig. Ich komme schon klar.» «Aber wenn was ist, rufst du an! Ich schreib dir die Nummer hier auf den Zettel.»

Uwe holt mich mit dem Auto ab. Plötzlich gibt es mal wieder ein anderes Thema. Theater statt Krankheit. Ich merke, wie ich das vermisst habe. Wir fahren durch den licht gewordenen Wald, der Wind weht bunte Blätter über die Straße. Als wir ankommen, sitzen die anderen schon an einem langen Tisch beim Essen. Nach dem Abwasch treffen wir uns zur Abendprobe. Zäh quälen wir uns durch die ersten Szenen. Unsere Regisseurin Simonne ist unzufrieden. Der Text sitzt immer noch nicht, es scheint, wir hätten alles vergessen, was wir bis hierhin erarbeitet haben. Nach einer Stunde beendet sie die Probe mit einer Standpauke. So kann das nichts werden. So wird sie die Vorstellungen absagen müssen. Schließlich habe sie einen Ruf in Göttingen, und mit einer halbfertigen Schüleraufführung wird sie nicht vor Publikum treten. Sie wisse, dass wir das besser können, so sagt sie. «Also: Text lernen und morgen gut vorbereitet wieder um zehn zur Probe kommen!»

Wir sitzen beim Frühstück, als das Telefon klingelt. «Tom, is' für dich.» Ich trage das Telefon in den Flur, wo keiner zuhört. Felix klingt erbärmlich. Er hat eine furchtbare Nacht gehabt mit Fieber und Albträumen. Er sagt: «Ich habe das Bett neu beziehen müssen, so habe ich geschwitzt.» «Soll ich kommen?» «Nein, es ist doch ein wichtiges Wochenende. Wer weiß, ob Simonne dich rausschmeißt, wenn du jetzt gehst.» «Das glaube ich nicht. Obwohl, die Stimmung ist nicht gut.»

Vor der Probe spreche ich mit Simonne, sage ihr, dass ich vielleicht heute Abend zurück nach Göttingen müsse, weil es Felix nicht gut gehe. «Du hast schon so viele Proben versäumt. Ich weiß nicht, ob das für dich noch Sinn macht, wenn du auch diesmal nicht das ganze Wochenende dabei bist.»

Wir beginnen die Probe mit Körper- und Stimmtraining. Dann müssen wir Tiere spielen und improvisieren. Ich hasse das. Was hat es mit Theater zu tun, durch einen leeren Raum zu stampfen und den Arm wie einen Elefantenrüssel vor der Nase zu schwenken. Die ganze Zeit denke ich an Felix. In der kleinen Pause, bevor wir mit den Stückproben beginnen, rufe ich ihn noch einmal an. «Ich komme heute Abend. Ich kann hier nicht Theater machen, während es dir so schlecht geht.» «Und wenn es dann nichts wird mit der Premiere im Jungen Theater?» «Das ist egal. Du bist wichtiger.» «Womit habe ich das verdient?» «Ich liebe dich.» «Das weiß ich.»

Nach der Probe packe ich meine Sachen und verabschiede mich von Simonne. «Ja, ich verstehe das schon. Ich muss überlegen, ob ich dich in einer kleinen Rolle noch irgendwo einbauen kann. Im Moment weiß ich nicht, wie.» Eigentlich ist für mich schon alles klar. «Lass mal! Ich glaube, das wird nichts», könnte ich sagen, aber ich will noch ein paar Tage mit der Entscheidung warten. Fast ein Jahr lang haben wir an dem Stück gearbeitet. So kurz vor dem Ziel aufzugeben, die anderen im Stich zu lassen, es fällt schwer. Beim Kaffee verkünde ich, dass ich abfahre. Es herrscht betretenes Schweigen. Aber alle haben Verständnis.

Uwe fährt mich nach Dransfeld hinunter, dann stehe ich im Nieselregen an der Straße, um nach Göttingen zu trampen. Es dauert fast zwei Stunden, bis mich endlich jemand mitnimmt. Es wird dunkel, bevor ich am Gartentor der Hauptstraße stehe. In der leeren Küche der Jungs brennt die nackte Glühbirne unter der Decke. Es riecht nach kaltem Zigarettenrauch, das Fenster ist gekippt zum Lüften. Ich mache es zu und stelle meinen Rucksack auf die Eckbank, bevor ich leise Felix' Zimmertür öffne. Er schläft, wacht aber sofort auf und streckt mir seine Arme entgegen. Ich ziehe die Schuhe aus und lege mich zu ihm aufs Bett. «Danke. Ich weiß, was das für dich bedeutet.» «Is' okay. Ich wusste schon länger, dass diese Entscheidung irgendwann kommen würde.»

Am nächsten Morgen ist der Frühstückstisch gedeckt, als ich aus dem Bett komme. Robert hat Brötchen geholt und Sven die große Thermoskanne mit Kaffee gefüllt. Felix geht es besser, und so sitzen wir vergnügt am Tisch. Draußen scheint die Sonne. Als der Tisch abgeräumt ist, rufe ich Simonne auf dem Hohen Hagen an und sage meine Mitwirkung am «Methusalem» ab. «Vielleicht kann ich bei der nächsten Produktion wieder dabei sein.» «Schade, du hast da eine besondere Farbe reingebracht. Aber ich kann deine Entscheidung natürlich verstehen.»

Das ist nicht bei allen so. Mit Karin zerstreite ich mich, nachdem ich ihr von dem Wochenende und meiner Entscheidung erzählt habe. Sie sagt, sie versteht mich nicht. «Vor 'nem halben Jahr hast du mir erklärt, dass du schließlich auch noch ein eigenes Leben hast und jetzt gibst du für Felix das Theater auf, obwohl dir das immer so viel Spaß gemacht hat.» «Felix ist krank, er wird sterben, da muss ich doch für ihn da sein.» «So schnell stirbt man nicht. Wenn er wirklich so krank wäre, wie er immer sagt, dann würde er Medikamente nehmen.» Felix hat verschiedene Medikamente ausprobiert, aber nach nicht einmal sechs Wochen alle abgesetzt. Er sagt, er will seinen Körper nicht mit diesem Dreck kaputtmachen. Auch das habe ich Karin erzählt und auch darüber haben wir gestritten. Während ich Verständnis für Felix' Haltung habe, kann sie nicht verstehen, wie man eine Chance, den Ausbruch der Krankheit zumindest hinauszuzögern, ungenutzt lässt. Sie glaubt auch nicht an seine Symptome. «Er wickelt euch ein mit seiner Krankheit und alle spielen das Spiel mit.» Ich bin fassungslos, wie man auf eine solche Idee kommen kann.

Türknallend verlasse ich den Raum und vermeide seither, Karin zu treffen.

Aber in einem hat sie recht. Anderthalb Jahre sind Felix und ich aufeinander zugegangen, haben versucht, Bedürfnisse nach Nähe und Abstand, nach Zusammen und Allein, nach Nur-mit-dir und Zusammen-mit-all-den-anderen auszutarieren. Wir haben ein Gleichgewicht gefunden, das zu unseren Vorstellungen passt. Und das soll sich durch das positive Testergebnis nicht ändern. So haben wir es uns gesagt. Doch diesen Vorsatz haben wir nicht lange durchgehalten. Wenn der Tod mitspielt, verändern sich die Spielregeln.

DAS PLENUM

Während ich ahne, dass Felix und mir wegen der Krankheit ein harter Winter bevorsteht, werden wir überraschend erst mal von ihr abgelenkt – durch Wohnungsfragen. Schon lange wird um die Mietverträge in der Hauptstraße ein Prozess geführt. Formal geht es um unerlaubte Untervermietung. Doch der wahre Grund: Geld. Die Besitzerin will modernisieren, teuer neu vermieten. Ihr heruntergekommenes Hotel in Weende vermietet sie als Asylbewerberheim ans Amt, damit macht sie einen Haufen Kohle. Es reicht ihr nicht. Sie will noch mehr. Mit den gegenwärtigen Mietern ist kein Gewinn zu machen. So prozessiert sie seit fast drei Jahren. Niemand glaubte an ein schnelles Urteil. Doch plötzlich ist der Prozess zu Ende und die Hauptstraße hat verloren. Am fünfzehnten Januar sollen die Schlüssel übergeben werden. Das sind nicht mal drei Monate, um Öffentlichkeit und Widerstand zu organisieren. Oder, wenn man darauf verzichtet, drei Monate, in denen zwanzig Menschen ein neues Zuhause finden müssen.

In den Hauptstraßen-WGs herrscht Ratlosigkeit. Am Abend nach der Urteilsverkündung treffen sich alle Hausbewohner in der Küche der Jungs. Ich habe in diesem Sommer mehr Zeit in der Hauptstraße verbracht als bei mir zu Hause in der Calsow, so sitze ich ganz selbstverständlich mit in der Runde. Ein Anwalt erklärt die Situation. Juristisch sind alle Möglichkeiten ausgeschöpft. Den vier Hauptmietern ist gekündigt worden. Man kann es noch eine Weile aussitzen, bis für jeden einzelnen Untermieter die Zwangsräumung angeordnet wird. Alles in allem würde das ein oder zwei Monate Aufschub bringen, mehr nicht, und es müsste noch einmal Geld für Anwälte ausgegeben werden. Es gibt keinen, der das will, und allen ist klar, so oder so, das ist das Ende der Hauptstraße.

Am nächsten Tag ist ein großes Plenum angesetzt. Schließlich ist der Kampf um Wohnraum keine Privatsache, sondern eine politische Entscheidung. Etwa fünfzig Menschen sind gekommen: Ex- und Teilzeitbewohner, Freunde aus den alten Häuserkampfzeiten, alle, die sich der Hauptstraße verbunden fühlen. Man trifft sich gegen vierzehn Uhr im Garten vor dem Haus, sitzt in dicken Jacken und Pullovern auf den Treppenstufen, in Liegestühlen und mit Decken auf der Wiese. Thermoskannen voll Kaffee werden aus den Küchen getragen. Die Psychos haben Glühwein gekocht. Einige haben Kuchen mitgebracht. Die Sonne wärmt kaum noch, kurz nach vier verschwindet sie hinter dem Nachbar-haus, und es wird rasch kalt.

Fast zwei Stunden werden Vorschläge und Ideen hin und her gewendet, aber es gibt einfach keine Lösung. Einige fordern drinzubleiben, das Haus zu besetzen, wie es schon mit vielen Häusern in Göttingen gemacht wurde. Aber inzwischen gibt es etwas, was der Rat der Stadt «harte Linie» nennt. Das heißt, innerhalb von drei Tagen wird geräumt. Die bereits gefällten Urteile würden ein solches Vorgehen auch juristisch vereinfachen.

Dann kommt das Übliche: Öffentlichkeit schaffen, Flug-blätter drucken, politischen Druck aufbauen. Aber mit wel-chen Argumenten? Die Maximalforderung stellen, den Kapi-talismus abzuschaffen? Wohnraum sozialisieren? Schöne Ideen, aber Aussichten auf Erfolg gleich null. Also Ersatz-wohnraum. Ein Haus muss her, das die Möglichkeit bietet, weiter die verschiedenen WGs unter einem Dach zu ver-einen.

Schließlich sagt Sven: «Wenn es vorbei ist, dann ist es vorbei. Da kann man mit Sätzen, in denen die Wörter ‹vielleicht›, ‹versuchen› und ‹möglicherweise› vorkommen, nichts mehr dran ändern. Ich habe auch keinen Bock mehr auf ‹irgendwie›.» Das ist es dann. Das Plenum löst sich auf. Ein großer bunter Stinkefinger wird in den nächsten Tagen auf ein riesiges Plakat gemalt und hängt vom Dach bis fast auf den Rasen. Dahinter sucht jeder eine Lösung für sich. Manche sind sowieso auf dem Sprung, wollen nach Spanien auswandern, nach Hamburg oder Berlin ziehen. Manche haben schon eine neue WG. Andere haben genug vom Zusammenleben, suchen eine Wohnung für sich allein.

IRGENDWIE

«Ich habe keinen Bock mehr auf ‹irgendwie›.» Der Satz geht mir lange im Kopf herum. Für Felix gibt es kein Irgendwie. Er weiß immer, wo der Weg ist. Er weiß immer, was er will. Zweifel sind ihm fremd, seine Gefühle stellt er nie infrage. Vom ersten Augenblick habe ich ihn bewundert dafür, an manchen Tagen beneidet um seine Selbstsicherheit. Meine eigenen Gefühle sind mir mal zu groß, mal zu klein, mal ist es Eifersucht, mal Abhängigkeit, mal die Angst vor Verlust, die mich verunsichert. Gefühle sind für mich kein fester Boden. Mein Leben ist so oft «irgendwie». So gerne hätte ich das anders. So gern wüsste ich, wo es lang geht, welchen Weg man gehen muss, um ans Ziel zu kommen. Aber schon das Ziel ist ‹irgendwie›, kein klarer Punkt, auf den ich hinarbeiten kann, eher eine vage Vorstellung von einer Zukunft, die den Zeitraum von ein, zwei Jahren nicht überschreitet. An manchen Tagen fühle ich mich wie ein kleiner Junge, der sich auf dem Weg von der Schule nach Hause verlaufen hat. An anderen sehe ich unendlich viele Möglichkeiten: Aufgaben, die ich mir gesucht habe, Wege, die ich nicht zu Ende gegangen bin. Ich fälle Entscheidungen, so oder so. Ich meine, alles selbst zu bestimmen, und stecke doch bis zum Hals drin im Irgendwie.

Für Felix ist klar, er wird in keine WG mehr ziehen. Er sagt: «Wenn du in der Calsow wohnen bleibst, das ist schon okay, dann finde ich eben was für mich allein.» Er sagt auch: «Ich will dich nicht überreden, dass wir zusammenziehen, denn ich weiß, es wird schwer. Aber wenn ich mir meine letzten Wochen vorstelle, dann würde ich mir schon wün-

schen, dass du an meinem Bett sitzt.» Ist das eine Liebes-
erklärung oder eine Erpressung? Immer wieder sagt er:
«Ich komme auch allein klar.» Es ist mein Problem, dass
ich darin einen Vorwurf höre. Meine zaghaften Anmerkungen, dass es vielleicht in einer WG einfacher sei, für ihn zu
sorgen, dass es auch in seinem Interesse sein könne, nicht
allein zu wohnen, ignoriert er. Er brauche die Ruhe und
Ordnung und Sauberkeit einer eigenen Wohnung und einen
Menschen, auf den er sich hundertprozentig verlassen kann.
Natürlich will ich dieser Mensch sein. Aber ich habe auch
Angst davor, es zu sein.

Zusammenleben ist immer ein Kompromiss. Für Felix
kann es keinen Kompromiss geben, schließlich geht es um
sein Leben, um seine Krankheit, um seinen Tod. Es ist an
mir, die Idee von einem kollektiven Zusammenleben über
den Haufen zu werfen und das Leben mit ihm in einer Zweizimmerwohnung als Möglichkeit in Betracht zu ziehen. Es
fühlt sich nicht richtig an – irgendwie.

RAZZIA

Bevor der Auszug aus der Hauptstraße beginnt, gibt es eine
Razzia. Keiner hat damit gerechnet. Allen ist klar, dass das
Haus und seine Bewohner unter Beobachtung stehen, auch
wenn die Situation in Göttingen inzwischen entspannt ist.
Es gibt keine besetzten Häuser mehr, die letzte Demons-
tration, bei der sich der schwarze Block eine Schlacht mit
den Bullen geliefert hatte, liegt Jahre zurück. Dass der
Staatsschutz die Szene kurz vor Weihnachten noch einmal

auseinandernehmen würde, das konnte wirklich niemand voraussehen.

Ich habe bei Felix übernachtet. Wir sind früh schlafen gegangen. Es ist noch dunkel im Zimmer, als ich hochschrecke, geweckt von lautem Poltern auf der Treppe. Im gleichen Moment wird die Tür aufgerissen und das Licht geht an. In der Tür steht eine vermummte Gestalt, das Gesicht unter einer Sturmhaube versteckt, Helm, Kampfuniform, schusssichere Weste und ein Maschinengewehr in der Hand. «Dies ist eine Hausdurchsuchung, verhalten Sie sich ruhig. Bleiben Sie, wo Sie sind.» Felix und ich sitzen auf dem Bett, die Decke um die Knie gezogen, in Unterhose und T-Shirt diesem Krieger gegenüber. Ich suche die Augen im schmalen Schlitz der Sturmhaube, sehe, wie sich der Mann im Zimmer umsieht, sein Maschinengewehr nicht im Anschlag, aber klar in unsere Richtung deutend. Wir hören Geschrei in den anderen Zimmern. Es dauert nur wenige Augenblicke, dann wird es ruhig.

Ich weiß nicht, was die Sturmtruppe erwartet hat. Sie trifft nicht auf Gegenwehr, nur auf verschlafene Menschen. Eine Viertelstunde lang passiert nichts. Der Mann steht mit dem MG an der Tür. Dann kommen Beamte in Zivil. Einer schaut zur Tür herein, sagt im Befehlston: «Ziehen Sie sich an, aber bleiben Sie in Ihrem Zimmer!» Eine weitere Viertelstunde vergeht. Zwei Beamte kommen und nehmen die Personalien auf. Felix muss suchen, irgendwann findet er seinen Reisepass, ich habe meinen Personalausweis in der Tasche. «Können wir in die Küche, Kaffee kochen?», fragt Felix. «Nein, Sie bleiben, wo Sie sind.» «Was soll das hier eigentlich?» «Dies ist eine Hausdurchsuchung, das wurde

Ihnen bereits mitgeteilt.» «Bis jetzt hat noch keiner mit uns gesprochen.» Felix lässt nicht locker. Ich bin völlig aufgelöst und zitterig und bewundere ihn für seinen ruhigen Tonfall. «Wir müssen doch nicht tatenlos danebensitzen, während Sie hier alles auf den Kopf stellen – ich brauche wirklich einen Kaffee.» Einer der Beamten verschwindet, der andere wendet sich dem Schreibtisch zu, auf dem sich Medizinbücher und Fotokopien stapeln. Mit besonderem Interesse untersucht er einen kleinen Taschenkalender, den er danach in eine durchsichtige Plastiktüte legt. Der erste Beamte kommt zurück. «Sie können jetzt in die Küche, da sind wir schon durch.» Sein Kollege, der sich nun dem Bücherregal zuwendet, sagt: «Sie bekommen eine Liste mit den Gegenständen, die wir mitnehmen.»

Über den Flur und in der Küche ist schon ein Großteil der Hausbewohner versammelt, der Kaffee steht auf dem Tisch. Ein Anwalt ist auch da und berichtet, dass zeitgleich in vier oder fünf Göttinger WGs und im Roten Buchladen eine Razzia stattfinde. Es handele sich um Ermittlungen nach Paragraf 129 a, Bildung einer terroristischen Vereinigung. Das klingt nicht lustig. Alle wissen, was Polizei und Staatsanwaltschaft in der Vergangenheit für absurde Zusammenhänge konstruiert haben, um Menschen hinter Gitter zu bringen. Dass bei dieser Hausdurchsuchung außer einigen linksradikalen Zeitschriften und Flugblättern kaum etwas gefunden wird, ist kein Schutz davor.

Es dauert ungefähr bis halb elf, dann tragen Beamte in Zivil zwei kleine Umzugskartons mit Zeitungen, Flugblättern, Terminkalendern und Notizbüchern aus dem Haus. Die martialisch ausgestattete Kampftruppe sitzt schon wieder in ihren Mannschaftswagen. Als letzten Triumph tragen zwei Beamte mit Gummihandschuhen und Mundschutz Müllsäcke vom Dachboden herunter, darin zwei Hanfpflanzen, die zum Trocknen aufgehängt waren.

Felix und ich stehen ratlos in seinem Zimmer. Die Beamten sind ordentlich gewesen. Anders als man das aus einschlägigen Filmen kennt, haben sie nichts kaputtgemacht, keine Kleidungsstücke aus dem Schrank gerissen oder Matratzen aufgeschlitzt. Eigentlich sieht es aus, als wäre nichts geschehen. Aber das Bild des Mannes mit Kampfausrüstung, schwarzer Sturmhaube und Maschinengewehr will nicht aus meinem Kopf verschwinden.

Wir haben, seit wir um kurz nach fünf so unsanft geweckt wurden, mehrere Tassen Kaffee getrunken und zahllose Zigaretten geraucht, aber immer noch nichts gegessen. Also gehen wir wieder in die Küche, wo Sven schon am Herd steht und Bratkartoffeln mit Rührei in einer großen Pfanne zubereitet. Die anderen haben wohl auch Hunger bekommen. Das Telefon im Flur klingelt ununterbrochen, alle wollen wissen, was los war. Robert und Eugen beantworten abwechselnd die besorgten Fragen, zwischendurch spricht der Rechtsanwalt mit seinen Kollegen in den anderen durchsuchten Häusern und WGs. Als die Pfanne auf dem Tisch steht und frischer Kaffee in den Tassen dampft, zieht Sven kurzentschlossen das Telefonkabel aus dem Anschluss. Alle nehmen um den großen Tisch Platz. Sabine von oben kommt herein und setzt sich zu uns. Sie erzählt, wie sie eine ganze Kiste mit beschlagnahmtem Material aus dem Flur zurück in eines der schon durchsuchten Zimmer geräumt habe, wobei sie einer vorbeigehenden Beamtin noch zuge-rufen hat: «Ich räum das mal weg, damit sind die Kollegen schon durch.» Die Beamtin hatte genickt. Bei den Psychos hat ein Beamter einen Zweig der Hanfpflanzen vom Dach-boden den Kollegen vor die Nase gehalten und gesagt, auch danach solle man suchen. Daraufhin ging einer in die Küche und brachte seinem Vorgesetzten einen Strauß vertrock-neter Feldblumen, der auf dem Küchentisch stand. Wofür er einen Anraunzer bekam, dass es sich hier nicht um eine Spaßveranstaltung handele. Die Stimmung am Tisch wird immer heiterer.

Gegen vier Uhr nachmittags brechen wir in die Juzi auf, wo ein Plenum angesetzt ist. Kurz wird diskutiert, wie man die Haustür sichern solle, deren Schloss herausgebrochen wurde, aber Sabine will sowieso zu Hause bleiben und sagt, sie müsse wohl keine Angst vor Einbrechern haben, solange die Zivilbullen auf der anderen Straßenseite parkten und das Haus beobachteten.

Im großen Saal der Juzi im ersten Stock drängen sich be-stimmt hundert Menschen. Ein Gewirr aufgeregter Stim-men liegt in der Luft. Es gibt nicht viel zu besprechen. Die Razzien sind überall nach dem gleichen Muster abgelaufen. Es wurden Notizbücher, Tagebücher, Terminkalender be-schlagnahmt, außerdem Flugblätter und Zeitungen. Auf dem Durchsuchungsbeschluss steht immer das Gleiche: «Ermittlungen nach Paragraf 129 a, Bildung einer terroristi-schen Vereinigung». Namen werden keine genannt, es bleibt also reine Spekulation, ob die Durchsuchungen für den einen oder die andere wirklich gefährlich werden könnten.

Allgemein wird davon ausgegangen, dass bei der Sache nichts herauskommen wird.

Als immer mehr Leute in die Juzi drängen, wird beschlossen, eine spontane Kundgebung auf dem Marktplatz abzuhalten. Einige Polizeiwannen stehen auf dem Parkplatz, alarmiert springen die Mannschaften mit Helm, Schild und Schlagstock aus den Fahrzeugen, als sich eine Gruppe aus etwa zweihundert Autonomen in Richtung Innenstadt in Bewegung setzt. Die Polizei versucht, den kleinen Demonstrationszug mit einer Kette von Beamten einzukreisen, aber wir sind auf dem Marktplatz angekommen, bevor sie sich richtig formiert haben. Ein Demonstrant, den ich nur vom Sehen kenne, klettert mit einem Megafon auf einen der Schaukästen, die um den Marktplatz herumstehen und hält eine Ansprache. «Wir lassen uns nicht kriminalisieren. Wir lassen uns unsere politische Arbeit nicht verbieten.» Es ist sechs Uhr abends und die Fußgängerzone gut besucht. Viele Leute bleiben stehen, schauen verwundert, einige Studenten gesellen sich zu uns, die Punks vom Gänseliesel kommen herüber. Die Polizei hält sich im Hintergrund. Um halb sieben ist alles gesagt. Die Demo löst sich auf in kleine Gruppen. Einige gehen zurück zur Juzi, andere in Richtung Theaterkeller.

Felix sieht blass aus. «Ist alles okay?», frage ich. «Ich will nur noch schlafen. Können wir zu dir?» Ich würde gern mit den Leuten aus der Hauptstraße in den Theaterkeller gehen, mit ihnen um einen Tisch sitzen, Bier trinken und über die Ereignisse des Tages sprechen. Andere würden sich dazusetzen, man würde Billard oder Tischfußball spielen und irgendwann nach Hause gehen. So ist das Leben. Dinge passieren, dann sind sie vorbei und man spricht darüber. Man macht sich keinen Kopf um das Morgen. Es kommt so oder so. In der Zwischenzeit kann man Bier trinken, spielen, leben. Oder nach Hause gehen und schlafen.

Als wir unsere Fahrräder zur Calsowstraße schieben, sagt Felix: «Ich schaffe das nicht mehr. Ich muss mir 'ne neue Wohnung suchen. Immer ist irgendwas los. Wenn die Krankheit bei mir ausbricht, dann muss ich was Ruhigeres haben.» «Du möchtest also 'ne ruhige Wohnung zum Sterben?» Felix schnauft. «Ich hätte da jetzt nicht von anfangen sollen. Lass uns wann anders darüber reden.» Schweigend schieben wir unsere Fahrräder nebeneinanderher.

In der Calsow stehen schon viele Fahrräder vor der Tür, aus dem ersten Stock kommt fröhliches Gelächter. «Eine ruhige Wohnung kann ich dir anscheinend heute auch nicht bieten.» «Jetzt fang nicht wieder damit an. Ich will nur 'nen Tee und ins Bett.» «Ja klar. Willste nichts essen?» «Nee, ich krieg nichts runter.»

Oben im Gemeinschaftszimmer sitzt eine lustige Doppelkopfrunde, Rotwein und Bier stehen auf dem Tisch. Angelika fragt: «Spielst du mit? Simon muss nach Hause, dann fehlt uns einer.» «Ich koche nur schnell 'nen Tee für Felix, der fühlt sich nicht gut, dann komme ich.» «Was war denn heute los? Ich habe von den Razzien gehört», fragt Sybill. «Ich erzähl gleich, ich bring nur den Tee runter.» Felix hat die Decke bis ans Kinn gezogen und schaut ein bisschen glasig. «Soll ich nach 'nem Fieberthermometer suchen?» «Lass, davon wird's auch nicht besser. Ich muss nur schlafen, dann geht's morgen wieder.» «Brauchst du noch was? Soll ich hierbleiben?»

«Nee, lass, geh ruhig nach oben. Lass die Schreibtischlampe brennen.»

Als ich mich kurz nach eins ein bisschen betrunken neben Felix ins Bett lege, habe ich ein schlechtes Gewissen. Aber hätte ich hier neben ihm sitzen sollen? Er wacht nicht auf, dreht sich auf die andere Seite, sodass ich nur einen Deckenberg sehe, dort wo seine Schulter ist. Ich überlege, ob ich mir ein Leben mit ihm in einer Zweizimmerwohnung vorstellen kann? Spontane Doppelkopfabende wie heute, verschlafene Morgen, an denen man genervt versucht, auf dem mit Bierflaschen und überquellenden Aschenbechern beladenen Tisch eine freie Ecke zu finden, um sich ein Brot zu schmieren, Hauspartys, das alles wird es dann nicht mehr geben. Ich weiß nicht, ob ich das will.

Die Leselampe wirft einen hellen Kreis auf den Schreibtisch am Fenster. Bücher und Papiere stapeln sich darauf. Die Dielen schimmern weiß im schwachen Licht. In der Ecke der Allesbrenner, neben dem Holzscheite in einem groben Korb liegen. Kohlen- und Ascheimer sind voll, der Ofen strahlt Wärme ab. Im Regal links stehen Bücher aufgereiht. An der Wand Plakate, ein Kalender. Vor dem Fenster an der Schmalseite des Zimmers bilden die kahlen Äste eines Holunderbusches ein bizarres Geflecht.

Eine Wohnung in einem Neubau, Einbauküche und Etagenheizung, das scheint mir absurd weit weg. Wahrscheinlich wäre es für Felix tatsächlich das Beste. Natürlich wäre es gut, wenn das warme Wasser aus der Wand und die Wärme mit einem Dreh am Thermostat käme. Auch wenn es wahrscheinlich ist, dass ich mit Felix in einer solchen Wohnung wohnen werde, darauf freuen kann ich mich nicht.

DER AUSZUG

Und dann kommen die letzten Tage der Hauptstraße. Die meisten sind schon ausgezogen, jede Woche steht ein Umzugsauto vor der Tür. Das Wetter ist passend grau. Felix hat nicht viele Sachen. Wir haben sie in der Garage bei meinen Eltern untergestellt. Felix wird eine Weile bei mir wohnen, bis eine neue Wohnung gefunden ist. Ich habe Sabine kurz nach Silvester beim Umzug geholfen. Da waren schon alle Küchen leer und die Nachtspeicheröfen abgestellt. Im Treppenhaus hängt ein Zettel: «Nächsten Freitag Sperrmülltag. Wir müssen noch den Boden und die Schuppen leerräumen. Nehmt raus, was ihr noch braucht, der Rest kommt in den Container.» Ein kurzer Blick auf den Dachboden lässt erahnen, dass der Container voll wird.

Am Freitag ist Felix krank, bleibt im Bett. Ich fahre allein mit dem Fahrrad den Berg zur Hauptstraße hinauf. Das Gartentor steht offen, auf einer Pritsche davor zwei Schränke und ein Stuhl, das ist wohl das Einzige, was von dem Gerümpel noch zu gebrauchen ist. In der Einfahrt ein riesiger Container. Dafür, wie viele Menschen im Laufe der Jahre hier gewohnt haben, sind es erstaunlich wenige, die sich an diesem trüben Morgen in der Küche der Jungs versammelt haben. Ein kurzes Hallo, «Kaffee nimmste dir, wenn du willst». So war es immer in der Hauptstraße. Man konnte sich an jedem Küchentisch dazusetzen, sich ins Gespräch einmischen oder still Kaffee trinken, man konnte zum Essen bleiben, oder gleich wieder gehen, alles war okay. Jeder hatte sein Zimmer, konnte die Tür hinter sich zumachen, aber wenn eine Tür offen stand, dann war sie für alle offen.

Ich kenne die meisten Bewohner, wie sie verschlafen aus ihren Zimmern kommen oder betrunken abends aus der Kneipe. Ich habe mit ihnen auf Partys getanzt und auf Demos Ketten gebildet. In den anderthalb Jahren, in denen ich hier ein- und ausgegangen bin, habe ich mich an ihren unaufgeregten Umgang miteinander gewöhnt. Ich weiß, dass ich ihn vermissen werde. Ich hätte gern hier gewohnt.

Die Küche ist – wie alle anderen Räume auch – bereits ausgeräumt. Eine Kaffeemaschine röchelt. Auf einem Tapeziertisch liegen Brötchen, Butter, zwei Stück Käse und eine große Mettwurst. In einem halb zerbrochenen Schaukelstuhl sitzt Robert. Er hat eine russische Pelzmütze auf. Die anderen sitzen auf dem Fußboden. Sven trägt eine blonde Kurzhaarperücke, die er bei einem ersten Gang über den Dachboden gefunden hat. Oben wird schon geräumt, ab und zu fliegen Bretter oder alte Teppiche am Küchenfenster vorbei auf einen Haufen im Vorgarten, der immer größer wird.

Andreas kommt die Treppe heruntergepoltert. «Wollt ihr nicht anfangen, das Zeug zum Container zu bringen? Sonst werden wir nie fertig.» Wir bilden eine Kette und die Hinterlassenschaften mehrerer Generationen von Hauptstraßen-Bewohnern und -Bewohnerinnen wandern von Hand zu Hand. Zerbrochene Stühle, verschimmelte Matratzen, ein altes Sofa, aus dem die Federn herausstehen, alles findet seinen Weg in den Container.

Gegen vier ist es dunkel. Andreas und Robert machen mit alten Brettern ein Feuer. Die Flammen schlagen hoch, der Wind bläst in Böen Funken durch die Luft. Feuchte Schneeflocken fallen aus dem schwarzen Himmel. Wir stehen eine

Zeitlang um das Feuer, ein Kasten Bier auf der Treppe. Sabine hat Pizza geholt. Jemand macht eine Flasche Sekt auf. «So, das war's. Wir haben es geschafft!» Andreas, Sabine und Sven beschließen, morgen noch mal durchs Haus zu gehen. «Danach schließen wir ab und schmeißen den Schlüssel in den Container, Schlüsselübergabe gibt's nicht!» Darauf stoßen wir an.

Das Feuer im Garten ist zusammengesackt, blaue Flämmchen züngeln aus der Glut. Heute will ich nicht zu den Letzten gehören, die aufbrechen. Das ist kein Zuhause mehr. Für niemanden. Es ist ein zerbrochenes Haus, es ist trostlos und kalt.

ES MUSS SICH ALLES ÄNDERN ...

Ich stehe vor der Calsow, in meinem Zimmer brennt Licht. Im Kopf noch die Bilder der leeren Hauptstraße, betrachte ich das Haus. Klein und verwunschen liegt es unter den großen Bäumen, umwachsen von Holunderbüschen. Das ist mein Zuhause. Im Fenster Felix, wie in einem Bilderrahmen. Er sitzt am Schreibtisch und liest. Ich öffne die niedrige Gartentür, da schaut er auf. Ich weiß nicht, ob er mich sehen kann. Eigentlich ist alles klar. Felix ist der Mann, den ich liebe. Er wird sterben, in vielleicht drei oder vier oder fünf Jahren. Und auch wenn ich überzeugt bin, ein Leben in Gemeinschaft wäre besser als eine Zweizimmerwohnung, ich werde diese Jahre mit ihm verbringen. Ich werde für ihn da sein, ihn pflegen, ihn auf dem letzten Weg begleiten. Vor dem erleuchteten Fenster schließe ich mein Fahrrad ab, drücke mein Gesicht an die Scheibe. Felix lächelt und winkt.

Im Zimmer ist es warm. Ich merke erst jetzt, wie durchgefroren ich bin. «Ich koche mir 'nen Tee, willst du auch?» «Nee, lass, ich muss die zwei Seiten noch zu Ende lesen, dann kannst du erzählen.» Aber als ich mit dem heißen Tee in der Hand neben dem Ofen sitze, ist mir gar nicht nach Erzählen. «Du kannst es dir ja vorstellen, schön war es nicht.» «Wer war denn alles da?» Ich zähle die Namen auf. «Sollen wir nicht was Nettes machen? Ins Kino gehen?» Ich will nicht mehr an den Nachmittag denken. Schon lange habe ich mich nicht mehr so verloren gefühlt. «Gibt's denn was?» «Im Stern läuft ‹Der Leopard›, den wollten wir doch schon immer mal sehen.» «Vielleicht tut uns ein bisschen sonniges Italien ganz gut.» Kurz darauf schlendern wir zum Kino.

Es ist nicht voll, wir kaufen Bier, versinken in tiefen Sesseln und bunten Bildern. Nach dem nasskalten Tag wirklich eine gute Idee. Man meint, die glühende Hitze über Siziliens ausgedorrten Feldern zu spüren. Die Menschen im Schatten der Olivenbäume oder in abgedunkelten Räumen. Erzählt wird vom Einbruch des bürgerlichen Zeitalters in eine Welt, über die jahrhundertelang der Adel regiert hat. Ein alter Patriarch, der Leopard, versucht, sich mit der neuen Zeit zu arrangieren, um die Macht seiner Familie zu sichern. «Es muss sich alles ändern, damit es bleiben kann, wie es ist.» Dieser Satz scheint auf alle möglichen Situationen zu passen, und irgendwie heute auch auf mich. Ziemlich zum Schluss, als der alte Fürst auf einem prächtigen Ball durch die Räume geht, ein Rausch aus Kostümen, Farben und

Musik, und er für einen Moment erschöpft in einem Raum voller junger Mädchen haltmacht, die wie aufgedrehte Äffchen auf den Sofas und Récamieren auf und ab hüpfen und wie Gänse durcheinanderschnattern, rollen mir ein paar Tränen aus den Augenwinkeln.

Es ist natürlich nicht der Untergang des Adels, der mir das Wasser in die Augen treibt. Ich weiß: Nur der, dem fast alles gehört, was ihm nicht gehört, möchte, dass alles so bleibt, wie es ist. Die Leere, die Einsamkeit, die sich auf diesem rauschenden Ball um den alten Leoparden ausbreiten, kriegt mich. Er hat getan, was er tun musste, hat seine alte Welt zerstört, um eine neue zu bauen, und kann sich doch des Neuen nicht erfreuen. Es muss sich alles ändern ...

«Hast du geheult?», fragt Felix, als ich mir die Nase putze, während der Abspann läuft. «Ein bisschen. Ich bin nah am Wasser gebaut heute. Mir sind auch schon die Tränen gekommen, als ich aus der Hauptstraße weg bin.» «Ja, aber es geht weiter. Es wird schon was anderes kommen. Ich schau mir nächste Woche 'ne Wohnung in Grone an, magst du mitkommen?» «Wann denn?» «Am Mittwoch.» «Muss ich sehen.» «Ich würde mich freuen.» «Das weiß ich.» Ich werde mitgehen, ich werde mit Felix zusammenziehen, aber ich will jetzt nicht darüber reden. Es ist fast halb zwölf, der Tag war lang und anstrengend. Ich will über Belangloses reden, mit Felix ins Bett gehen, mich in seine Arme kuscheln und dort einschlafen. Das ist alles.

Zwei Wochen später haben wir eine Wohnung in Geismar am Hopfenweg gefunden. Ich habe sie besorgt. Zweieinhalb Zimmer in einem freistehenden Haus mit Blick über die

Felder. Im Gebäude daneben hat meine Oma gewohnt. Beide Häuser haben den gleichen Besitzer. Ich wusste sofort, als ich die Anzeige in der Zeitung las: «Wenn ich mich bewerbe, ich glaube, dann kriegen wir 'nen Mietvertrag.» «Das wäre toll.»

Inzwischen freue ich mich doch auf die neue Wohnung. Der Abschied von meiner WG fällt mir nicht schwer. Marion und Roger haben sich entschieden, sie gehen im Frühjahr ins Wendland. Angelika zieht nun anstatt aufs Land in die Rote Straße, Sybill sucht immer noch eine Wohnung mit Zentralheizung. In der Calsow herrscht bereits eine ähnliche Aufbruchstimmung wie in den letzten Wochen der Hauptstraße. Überall stehen leere und halb gefüllte Umzugskartons.

Mit Felix' VW-Bus hole ich gemeinsam mit Angelika einen Teppich für ihr neues Zimmer ab. Ich parke auf dem Kundenparkplatz neben dem Teppichgeschäft. Angelika springt aus dem Wagen und winkt in den Verkaufsraum: «Ich hole den Teppich ab, den ich heute Morgen gekauft habe.» Er ist dann doch zu schwer für Angelika und mich. Ein Verkäufer schiebt ihn uns auf einem Rollwagen ans Auto. In der Roten Straße helfen Angelikas neue Mitbewohner beim Ausladen und wir breiten den Teppich in ihrem Zimmer aus. «Toll! Tolle Farben. Was hat der denn gekostet?» Angelika guckt mich erstaunt an. «Du glaubst doch nicht, dass ich den bezahlt habe?» «Wie? Nicht bezahlt?» «Habe ich nicht gesagt, dass wir den da einfach nur abholen müssen?» «Ja, aber ich habe doch gedacht, du hast den gekauft.» «Nee, abgeholt!»

Angelika hilft uns dann ziemlich bereitwillig beim Streichen unserer neuen Wohnung am Hopfenweg. Quasi als Entschädigung dafür, dass ich ihretwegen kriminell geworden bin. Ich weiß nicht, ob es geplant ist oder Zufall, aber sie setzt Felix den Floh ins Ohr, wir müssten einen neuen Teppichboden verlegen. Zugegebenermaßen, nicht völlig grundlos. Der PVC-Fußboden ist schrecklich, das finde ich auch. Letztendlich besteht Felix auf Teppichboden. Und da er kein Geld hat und ich der Meinung bin, dass zwei Teppiche in einer Woche zu klauen die Gunst des Schicksals dann doch auf eine zu harte Probe stellen würde, muss ich ihn bezahlen.

So bekommt die ganze Wohnung tiefblauen Teppichfußboden. Felix hat einige große Töpfe mit Zimmerpflanzen aus der Hauptstraße gerettet, der Rest der Einrichtung sind unsere wenigen Möbel. Ich fühle mich vom ersten Tag an zu Hause. Ich weiß nicht, ob das jetzt wirklich das ist, was Felix sich vorgestellt hat, aber es ist tatsächlich ein ruhiges Leben. Die Wohnung ist hell, auch im Februar scheint die Sonne durch die großen Fenster. Es ist sauber und aufgeräumt, das Bad ist gefliest und die Heizung wärmt zuverlässig. Die Sehnsucht nach Hauptstraße und Calsowstraße hält sich in Grenzen.

Felix geht es gut. Sein Arzt hat ihm Hoffnungen gemacht, dass es auch noch für eine Zeit so bleiben wird. Mein Zivildienst ist seit November zu Ende. Eine Zeitlang bekomme ich Arbeitslosengeld, aber im Herbst muss ich mir überlegt haben, wo die Kohle in Zukunft herkommt. Eigentlich hatte ich vor, mich in Hamburg oder Berlin auf der Schauspielschule zu bewerben. Nun rückt das Ende der Bewerbungsfrist näher und ich bin unentschlossen.

8 PORTUGAL
FRÜHLING 1986

Das Frühjahr will nicht kommen. Das Feld vor unserem Fenster liegt nass, kein grünes Hälmchen zeigt sich. Wir merken, wie anstrengend das letzte halbe Jahr für uns war, sehnen uns nach Sonne und Wärme und beschließen, in den Urlaub zu fahren.

Den VW-Bus haben wir im Februar schweren Herzens auf den Schrott bringen müssen. Der TÜV war abgelaufen, und der Schrauber unseres Vertrauens winkte nur müde ab. «Da ist nichts mehr zu machen.» Mit dem letzten Geld von meinem Sparbuch kauft Felix einen alten R4, dunkelrot und klapprig. Ich bin nicht davon überzeugt, dass er uns nach Portugal und wieder zurückbringt, aber Felix ist zuversichtlich. «Und wenn nicht, dann kommt auch dieses Auto auf den Schrott und wir trampen.» Ich pumpe meine Eltern an, die uns vierhundert Mark geben. Ende April fahren wir los.

REISE

Wir nehmen nur so viel mit, wie zur Not in zwei Rucksäcke passt. Mehr geht auch gar nicht. Anja hat gefragt, ob wir sie mitnehmen. Sie hat im letzten Jahr einige Monate in Portugal gelebt und überlegt, ganz dort hinzuziehen. Sie hat wenig Gepäck, aber einen Hund, Mocca, eine strubblige Straßenmischung, viel zu jung und zu aufgedreht für lange Autofahrten. Nach den ersten dreihundert Kilometern hört der Hund auf zu kotzen und hat sich an das Autofahren gewöhnt. Seitdem sitzt er abwechselnd bei Anja oder mir auf dem Schoß, denn meistens fährt Felix.

Wir halten auf Rastplätzen, schlafen unter freiem Himmel, trinken Kaffee und essen Croissants in französischen Straßencafés, sitzen mit LKW-Fahrern im Les Routiers an der Route National. An der französisch-spanischen Grenze nehmen wir eine Abkürzung. Auf der Straßenkarte sieht es aus wie eine prima Idee, durch Andorra zu fahren. Als es dunkel wird und wir immer noch in Serpentinen nicht enden wollende Berge hinauf und hinunterfahren, sind wir nicht mehr davon überzeugt. Wahrscheinlich haben wir uns auch verfahren, jedenfalls haben wir es aufgegeben, die Ortsschilder mit den Namen in unserem Straßenatlas zu vergleichen. Irgendwie erreichen wir Spanien. Wir fahren durch Saragossa, durch Madrid, an Valladolid und Salamanca vorbei und beeilen uns, die Grenze bei Vilar Formoso zu erreichen. Aber wir sind zu spät. Als wir ankommen, ist es kurz nach Mitternacht, und die Grenze ist bis fünf Uhr früh geschlossen. Ein gleichmäßiger Frühlingsregen hat eingesetzt. Wir versuchen, es uns im Auto so bequem wie möglich zu machen, schlafen tatsächlich ein paar Stunden.

Die Grenzbeamten, die am nächsten Morgen beobachten, wie zuerst ein kläffender Straßenköter aus dem verbeulten

R4 springt und sich danach drei zerknautschte Gestalten daraus hervorschälen, haben immer noch ein breites Grinsen im Gesicht, als sie unsere Pässe kontrollieren. Kurz hinter der Grenze halten wir an einer Padaria, trinken unseren ersten Galão und essen süße Pastéis de Nata.

Die Sonne kommt heraus, gelb leuchtet der Ginster an den Straßenrändern. Unser erstes Ziel ist Poiares, eine Kleinstadt in der Nähe von Coimbra. Dort leben Ulla und Frank mit ihren zwei Kindern. Die Familie ist schon so lange aus Göttingen weg, dass weder Felix noch ich die beiden kennen, aber wir haben ein Paket und Grüße von Freunden aus Göttingen dabei und sind angekündigt. Die Adresse «bei Poiares» ist nicht besonders genau. Gut, dass Anja Portugiesisch spricht. Nach einem längeren Gespräch mit einem alten Mann, der die verrückten Deutschen kennt, hat sie eine Wegbeschreibung. Ein schmaler Weg führt ein Stück den Berg hinauf und endet an einem Zaun aus wild gebogenen Ästen. Davor ein alter LKW, unter dem ein Mann im Arbeitsoverall hervorkriecht, als wir vor der Einfahrt halten. Das ist Frank. Ulla kommt aus dem Garten, als sie uns Deutsch sprechen hört. Ihre kleine Tochter Sabrina trägt sie in einem Tuch auf dem Rücken, der etwas ältere Sohn Malte spielt ungerührt weiter mit einem Trecker aus Plastik. Sie haben mit uns erst morgen gerechnet, aber ein Tag früher oder später spielt für sie keine Rolle. Kaffee wird gekocht, Haus und Garten besichtigt. Das Haus ist selbst gebaut, aus einfachen Brettern und Balken. Es ist nicht groß, aber einladend und gemütlich. Die Dusche ist im Garten, ein kleiner Bretterverschlag, um den sich weiß blühender Jasmin rankt, der auch das Plumpsklo säumt, das etwas erhöht steht, sodass man beim Scheißen zwischen den Blüten hindurch den kleinen Ort im Tal liegen sieht.

Frank zieht sich schon bald wieder zu dem LKW zurück. Der muss bis heute Abend repariert sein. So kommt ein wenig Geld herein. Ulla ist für den Garten zuständig. Bohnen und Erbsen sind bereits in großer Menge erntereif, die Tomaten sind noch grün, aber ebenfalls zahlreich, Maispflanzen stehen in strammer Reihe. Später im Jahr wird es hier trocken und heiß sein, so trocken, dass der Brunnen kaum noch Wasser gibt und vieles im Garten verdorrt. Gegen Mittag strecken uns die Hitze und die Müdigkeit nieder. Viel haben wir heute Nacht, zu dritt mit Hund im R4, nicht geschlafen. Wir rollen unsere Schlafsäcke unter einem Baum aus und schlafen bis zum frühen Abend.

Als es dunkel wird, sitzen wir im Licht einiger Petroleumlampen um den Tisch auf der Veranda. Zur Feier des Tages gibt es ein Huhn, das Ulla beim Nachbarn gekauft hat. Nach dem Essen wird an einer ummauerten Feuerstelle ein Lagerfeuer angefacht. Die kleine Sabrina liegt in einem Korb, der an einem der Balken des Vordachs hängt, und schläft, der dreijährige Malte darf so lange spielen, bis er im Sand neben seinem Trecker einschläft. Frank trägt ihn ins Bett. Mehrere Flaschen Rotwein werden geleert. Wir sitzen und reden, die Hitze des Tages ist einer angenehmen Kühle gewichen. Es ist ja erst Anfang Mai, noch nicht Hochsommer. Im Licht des Mondes glitzern Tautropfen. Frank sagt, es würde noch Regen geben in der Nacht. Woher er diese Gewissheit hat, verrät er uns nicht, aber wir legen uns vorsichtshalber zum Schlafen unter das Vordach. Kaum sind alle Lichter gelöscht, ist leichtes Tröpfeln auf den Dachziegeln zu hören. Wenig später rauscht der Regen vom Himmel herab.

Am Morgen scheint wieder die Sonne. Wir fahren alle zusammen in einen Nachbarort, wo wir die Mittagszeit an einer kleinen Quelle verbringen, die unter schattigen Bäumen ein Becken aus Stein füllt. Wir setzen mit den Kindern kleine Schiffchen aus Blättern auf das Rinnsal, das aus dem Becken läuft, überlegen, wohin die Reise nun gehen soll, und studieren die Karte von Portugal. Ulla will uns mit den Kleinen an die Küste begleiten und dort einen Tag am Strand verbringen. Der kürzeste Weg zum Meer führt immer geradeaus nach Figueira da Foz. Anja will nach Porto Covo, ein Fischerdorf südlich von Lissabon. Sie hat dort Freunde und ist sicher, irgendjemanden anzutreffen, den sie kennt. Felix und ich haben keinen Plan. Wir wollen einfach in aller Ruhe die Küste hinunterreisen und bleiben, wo es uns gefällt.

Am nächsten Tag fahren wir mit Ulla nach Coimbra. Sie studiert dort an der Uni, auch wenn ihr wohl klar ist, dass sie ihr Medizinstudium, das sie in Göttingen begonnen hat, hier nicht fertig machen wird. Sie bringt uns zu einem Café am zentralen Platz der Stadt. Ein großes Gebäude. Die bodentiefen Fenster stehen offen, im Dunkel des hohen, mit blauen gemusterten Kacheln ausgekleideten Raumes sitzen alte Männer und rauchen. Wir sind die Einzigen, die unter den Sonnenschirmen vor dem Haus Platz nehmen. Die Kellner tragen lange schwarze Schürzen. Wir bestellen Galão und schauen den wenigen Menschen zu, die über den Platz gehen. Dann muss Ulla zu ihrer Vorlesung. Wir treiben durch die Straßen, bis wir vor der Markthalle stehen, ein imposantes, rechteckiges, zweistöckiges Gebäude mit offenem Dach in der Mitte. Im Innenhof sind die Stände, an denen sich auf einfachen Holztischen Salat und Tomaten, Kohl und Paprika sowie Berge von Zitronen und Apfelsinen stapeln. An der Kopfseite der Gemüsehalle, durch einen Säulengang getrennt, liegt die Fischhalle. Auf Eis liegen große und kleine Fische, Muscheln und Oktopusse mit langen Tentakeln, alles ist frisch und im Überfluss vorhanden. Auf der Galerie im ersten Stock werden Süßigkeiten und Backwaren verkauft, duftende Weißbrote und Kaffee in groben Säcken. Wir fallen auf. Die meisten Menschen, die hier kaufen und verkaufen, sind alt. Gefurchte Gesichter, einfache, meist dunkle Kleidung, manche Frauen tragen weite, lange Röcke, so wie ich mir Bauersfrauen in Portugal immer vorgestellt habe. Auf einer Seite der Halle gibt es einen Anbau mit großen steinernen Waschbecken unter einem vorgezogenen Dach. Die Bassins sind mehrere Meter lang, aber nur wenige Zentimeter tief. Hier waschen Frauen mit aufgekrempelten Ärmeln Körbe voll Wäsche. Es wird geredet und gelacht. Ein Bild, wie aus der Zeit gefallen. Wahrscheinlich stört es keine der Wäscherinnen, dass wir ihnen zuschauen, aber wir wollen sie nicht begaffen, als wären wir Besucher im Zoo, also gehen wir zurück in die Haupthalle. An einem Stand kaufen wir Natas, die wir uns an einem kleinen Tischchen schmecken lassen.

Wir sind zweieinhalbtausend Kilometer von zu Hause entfernt. Das ist immer noch Europa und doch eine andere Welt. Anja sagt, sie könnte sich gut vorstellen, für immer hier zu bleiben. Hier wäre alles besser. Das Leben einfach, die Menschen offen und freundlich. «Aber du wirst nie dazugehören. Du wirst immer die Deutsche sein», wende ich ein. Frank und Ulla leben seit fünf Jahren hier. Sie sprechen mit den Leuten im Dorf, aber die, die sie als Freunde bezeichnen, sind Deutsche oder Engländer, Schweizer oder Franzosen und ebenfalls erst vor einigen Jahren hierhergekommen. «Ich denke, hier würde ich immer Tourist sein», sagt Felix. «Nenn es zu Gast sein», sagt Anja, «das klingt doch schon ganz anders. Und zu Gast in einem Land, in dem die Menschen noch nicht so entfremdet sind von ihren grundlegenden Bedürfnissen, was soll daran schlecht sein?» «Das kannst du gar nicht wissen. Du kennst das Leben der Leute hier nicht.» «Doch, so viel weiß ich schon. Ich könnte hier zu Hause sein.» «Ich hätte das Gefühl, immer fremd zu sein, nicht dazuzugehören.» Anja sagt: «Mal ganz ehrlich, habt ihr denn in Deutschland das Gefühl dazuzugehören?» Den Einwand lässt Felix gelten und beendet die Diskussion: «Aber hier zu sein und Urlaub zu haben ist toll. Trinken wir 'nen Wein?»

Am nächsten Tag fahren wir wie geplant am frühen Nachmittag ans Meer. Ulla mit den Kindern in ihrem Hanomag, Anja, Felix, Mocca und ich schachteln uns wieder in unseren R4. Es ist bereits dunkel, als wir in Figueira ankommen. Wir finden ein schlafendes Dorf vor, eine Ansammlung kleiner Häuser, an deren Ende ein schmaler Sandweg zum Meer führt. Ulla fährt vor. Die Scheinwerfer der Autos holen links und rechts Wände aus Schilf und vom Wind geformte Bäume aus der Dunkelheit. Der Weg öffnet sich zu einem Parkplatz, dann leuchtet vor uns das Meer im Mondschein. Wir ziehen die Schuhe aus, laufen über den kühlen Sand zum Wasser, das eisig an unseren Füßen prickelt. Wir breiten Decken und Schlafsäcke in einer kleinen, von Büschen geschützten Mulde aus, essen Weißbrot und Käse. Dazu trinken wir weißen Portwein, aus der Flasche, kalt und süß. Als die Kinder einschlafen, tragen Felix und Ulla sie in den Hanomag. Wir rollen uns in unsere Schlafsäcke. Mocca braucht ein paar Anläufe, bevor sie ihren Platz zu Anjas Füßen gefunden hat, dann wird es still. Nur noch das Zirpen der Zikaden und das eintönige Schlagen der Wellen sind zu hören. Unterm Sternenhimmel schlafen wir ein.

Die Sonne weckt uns früh am Morgen. Wir wandern zu Fuß ins Dorf, trinken vor dem einzigen Café, das so früh im Jahr schon geöffnet hat, unseren Galão und essen süße Brötchen. Danach kaufen wir Obst und Wasser und gehen zurück zum Strand. In der Sonne ist es warm, Anja baut mit Malte eine Sandburg, Ulla und sie trauen sich sogar ins kalte Wasser des Atlantiks. Felix und ich beobachten die beiden mit hochgezogenen Schultern. Gegen Nachmittag packen wir zusammen. Ulla möchte mit den Kindern noch bei Tageslicht zu Hause ankommen. Der Abschied fällt nicht schwer, wir werden uns wiedersehen. Wenn nicht auf der Rückfahrt, dann bei einem nächsten Besuch. Keiner von uns Urlaubern zweifelt daran, dass wir wiederkommen werden. Ein Stück fahren wir noch hintereinander her, erreichen schließlich den Abzweig, wo sich unsere Wege trennen. Hupen und Winken, dann fährt Ulla nach Osten und wir nach Süden. In einem weiten Bogen geht es um Lissabon herum. Als es dunkel wird, übernachten wir in einem Olivenhain.

Anja und Mocca verlassen uns in Porto Covo. Ein einfaches Schild am Straßenrand mit einem Pfeil weist den Weg, Kilometerangaben fehlen. Schon bevor sich das Dorf zeigt, das gleichzeitig das Ende der Straße markiert, leuchtet in einiger Entfernung der Atlantik. Hier ist die Küste steil, Treppen und Holzstege führen in kleine Buchten hinunter. Anja hat im letzten Jahr eine halb verfallene Hütte bewohnt, die unter Bäumen an einer Klippe stand. Bei der Abreise hat sie ein Vorhängeschloss angebracht, aber das ist jetzt aufgebrochen. Außer einem Stuhl und einem kleinen, mit Holz zu befeuernden Herd ist die Hütte leer. Wir zögern, Anja allein zu lassen, aber sie ist voller Freude, endlich wieder hier zu sein, und meint, beim letzten Mal wäre die Hütte noch voller Müll gewesen. So gesehen, ein Fortschritt. Es ist früher Nachmittag, und wir rauchen zu dritt an der Klippe eine letzte gemeinsame Zigarette. Auch hier fällt der Abschied nicht schwer. Anja freut sich auf den Sommer, der vor ihr liegt, wir freuen uns darauf, nach ein oder zwei Stunden Fahrt irgendwo ein Zimmer zu nehmen und mal wieder eine Nacht in einem richtigen Bett zu schlafen.

THEATER

So machen wir es. Wir fahren eine Weile und biegen dann auf gut Glück an einer Stichstraße zum Meer ab. Der Ort, in den wir kommen, unterscheidet sich nicht sehr von Figueira und Porto Covo, aber der Strand ist völlig anders. Eine weite Sandbucht, mehrere hundert Meter breit, geteilt durch einen flachen Fluss, den man bei Ebbe ohne Weiteres durchwaten, dessen Wasser einem aber bei Flut durchaus bis zum Hals stehen kann. Vor dem offenen Meer eine schmale Sandbank. Wir finden ein Zimmer in einem Haus, umgeben von Gemüsegärten am Rande des Dorfes, wo wir zum Abendessen auf einer kleinen Terrasse in der untergehenden Sonne sitzen. Wir essen Caldo Verde und Kaninchen, überlegen lange, ob das, was wir schmecken, wirklich Kaninchen ist oder nicht doch eine der zahlreich herumstreunenden Katzen, entscheiden dann aber, dass es letzten Endes gleich ist, weil es hervorragend schmeckt. Wir trinken die Flasche Vinho Verde aus und gehen schlafen.

An diesem Ort bleiben wir drei Tage. Die meiste Zeit verbringen wir am Strand, liegen auf unseren Handtüchern, lesen, schauen in den Himmel oder träumen vor uns hin. Der Atlantik schwappt in kleinen Wellen auf die Sandbank. Das Wasser ist so kalt, dass wir meist im Fluss baden, der erheblich wärmer ist. Jeden Tag verkrümele ich mich ein oder zwei Stunden und mache das, was Felix meinen «Theaterkram» nennt. Am Tag, bevor wir in Göttingen losgefahren sind, habe ich drei Bewerbungen für die Schauspielschulen in Hamburg, Hannover und Berlin in den Briefkasten geworfen. Ich will es wenigstens probieren. So stehe ich jetzt auf einer kleinen Anhöhe über dem Strand unter einem Baum, dehne und strecke mich, versuche tief in den Bauch hinein zu atmen und mache Sprechübungen: «Unter dunklen Uferulmen wurdest du ruhmlos ruhend nun gefunden» oder «Barbara saß nah am Abhang, sprach gar sangbar, zaghaft langsam».

Als Felix mich fragt, ob ich ihm nicht einmal etwas vorspielen wolle, ziere ich mich ein bisschen. «Das ist alles noch nicht fertig.» Aber Felix lässt nicht locker und eigentlich freue ich mich, dass er fragt. So machen wir am Morgen auf dem Weg zum Strand gemeinsam einen kleinen Umweg über meinen Theaterhügel. Felix setzt sich in den Schatten, macht es sich bequem, und ich, auf einem großen Stein, das Kinn in die Hand gestützt, Denkerpose, versuche, mich zu konzentrieren.

«Du musst dir vorstellen, drei Brüder. Eduard, König von England, George, Herzog von Clarence, und Richard, Herzog von Gloucester, der selbst König werden will. Dafür muss er nicht nur den König ermorden, er hat auch George in einem Verlies im Tower von London einsperren lassen. Ein Wärter kommt, zu dem George spricht:

«Ich bitt dich, lieber Wärter, bleib bei mir:
Mein Sinn ist trüb und gerne möcht ich schlafen
...
Oh, ich hatt' eine jämmerliche Nacht,
Voll banger Träume, scheußlicher Gesichte!
...
Voll von grausem Schrecken war die Zeit...»

So geht es Strophe um Strophe, den Text kann ich. Ein bisschen merkwürdig fühlt es sich schon an, im hellen Sonnenschein auf und ab zu gehen, die Hände zu ringen, die Haare zu raufen und sich in ein dunkles Verlies hineinzufantasieren, aber das ist eben Theater. Ich spiele noch eine andere kurze Szene, dann setze ich mich zu Felix unter den Baum. «Also wirklich politisch ist das nicht.» Warum muss er da immer wieder drauf rumhacken? «Dir vorzustellen, du bist der Bruder eines vor fünfhundert Jahren gestorbenen englischen Königs, und heulst darüber rum, dass du wahrscheinlich bald von deinem anderen Bruder umgebracht wirst, wozu soll das gut sein?» «Dafür, dass andere es anschauen und etwas über sich selbst und ihr Leben lernen können.» «Habe ich in der Schule gehabt: Theater als moralische Anstalt. Das ist doch bürgerliche Scheiße.» Felix will mich provozieren. «Ich bin mir ziemlich sicher, dass ich nicht an irgendeinem Stadttheater in der Provinz mein Geld verdienen werde. Es gibt genug Gruppen, die anders arbeiten.» «Aber Erfolg willst du schon haben?» «Wer will das nicht?» «Sag ich doch, du willst einfach bewundert werden. Das ist okay. Nur solltest du das dann auch so sagen.» Jetzt bin ich wirklich sauer. «Es geht mir genau wie dir um gesellschaftliche Veränderungen, und ich glaube, dass man mit Theater was erreichen kann.» «Ich glaube, es ist, weil dich deine Eltern nicht genug geliebt haben.» Meint er das jetzt ernst? «Du spinnst mit deiner Trivialpsychologie.» «Nee, geliebt werden wollen wir doch alle, und du stellst dich eben auf die Bühne und holst dir, was du brauchst.»

Ich stehe auf und gehe hinunter zum Strand. Kühler Wind kommt vom Meer. Das Wasser ist kalt, eiskalt. Nur nicht stehen bleiben, weitergehen. Ein Sprung gegen die nächste Welle, die mich umwirft. Ich lasse mich ein Stück zurück an den Strand spülen. Unter den folgenden Wellen tauche ich hindurch. Schon als Kind habe ich das geliebt. Man muss den richtigen Moment abpassen, nicht zu früh, nicht zu spät, sonst wirbelt es einen ganz schön herum. Wenn es gelingt, brausen die Strudel über einen hinweg und man taucht in der Ruhe des Wellentals wieder auf. Als ich aus dem Wasser komme, hat Felix unsere Handtücher auf dem Sand ausgebreitet. «Sorry, war nicht so gemeint.» «So? Wie war es denn gemeint?» «Ach, vergiss es.» Felix rollt sich auf die Seite und macht die Augen zu.

ORPHEUS UND EURYDIKE

Solche Missstimmungen sind die Ausnahme. Meist genießen wir einfach das Leben, lassen uns durch den Tag treiben, fahren ins Landesinnere, sitzen wie die alten Männer auf den Marktplätzen im Schatten gestutzter Platanen und spielen Backgammon. Dann wieder verbringen wir ganze Tage in kleinen Buchten am Meer, weit weg von den nächsten Häusern, essen Fische vom Grill. Oder wir sitzen unter bunten Lichterketten vor kühlem Bier oder einem Glas Wein in einer Bar. So bummeln wir die Küste hinunter bis nach Sagres. Dort wollen wir noch einmal drei Tage bleiben, bevor wir uns auf die Rückreise machen.

Vielleicht ist es der Ort, der südwestlichste Zipfel Europas, vielleicht ist es der Atlantik, der so unendlich weit vor uns liegt, vielleicht ist es das Ende des Urlaubs, das nun näher rückt: Hier sprechen wir von Zukunft. Von unserer Zukunft. Felix sagt: «Meine Zukunft ist Sterben.» Das will ich nicht hören, rede vom Leben, das weitergeht, auch für Felix. Wenn es gut geht, noch Jahre. Klar, auch die Medikamente können den Ausbruch der Krankheit nur aufschieben, aber sie nicht zu nehmen, heißt den Kampf verloren zu geben, bevor man ihn begonnen hat. Ich sage: «Du erklärst doch immer, dass Leben und Kämpfen zusammengehören.» Das will nun wieder Felix nicht hören.

«Hast du keine Angst vorm Sterben?», frage ich. Felix sagt: «Nein, keine Angst. Dann ist es halt vorbei.» «Und vor dem Totsein? Kannst du dir das vorstellen?» «Ich werde sehen, wie es ist. Bis dahin reicht es zu leben, so wie ich das will.» «Du meinst, als wäre jeder Tag der letzte?» «Ja, ich schaue aufs Meer, höre das Rauschen der Wellen, sehe die Möwen, die Sonne und den Himmel, und ich genieße es. Dann wird es Abend, es wird dunkel, es wird Nacht, aber für mich kommt kein Morgen mehr. Wovor soll ich Angst haben?» Ich muss wohl sehr erschrocken geguckt haben. Felix nimmt meine Hand. «Keine Angst. Ich bleibe bei dir, solange ich kann.» Ich versuche, tapfer zu sein, zu lächeln, aber das Eis ist dünn. Leben hört mit dem Tod auf. Das kann ich begreifen. Was mir Angst macht, mich vor den Abgrund stellt: Für alle anderen geht es weiter. Mit diesem Gedanken kommt die Verzweiflung. Wenn wir versuchen, unsere Existenz zu begreifen, unseren Weg zu finden, müssen wir erkennen: Wir kennen keine Alternative zum Leben. Noch liegt Felix neben mir am Strand, seine Hand warm auf meinem Bauch, sein Atem an meinem Ohr. Ich kann mir nicht vorstellen, dass er nicht mehr da sein wird. Ich kann mir nicht vorstellen, wie das Leben für mich weitergehen soll.

Wir stehen am Fort Fortaleza. Zwischen uns und Amerika ab hier nur noch Wasser, silbern schimmerndes Wasser im Licht der späten Nachmittagssonne. Ich sage: «Stell dir vor, einfach die Flügel ausbreiten, im Licht verschwinden und nie wieder zurückkommen.» Felix sagt: «Romantischer

Scheiß. Wenn du sonst keine Ideen für dein Leben hast ...»
Was für ein Vorwurf! «Sag mal, spinnst du? Was soll das denn
jetzt?» «Du hast überhaupt kein Ziel im Leben, nichts, was
dir irgendwie wichtig wäre.» «Ich habe versprochen, bei dir
zu bleiben. Das ist mir wichtig.» «Du hängst dich an mich,
das ist noch kein Ziel.» Ich bin sprachlos. «Sag mir, was du
machst, wenn ich tot bin, in, sagen wir, drei Jahren.» «Aber
das weiß ich doch jetzt noch nicht.» «Siehst du, das meine
ich. Du lebst in einer Traumwelt. Wach mal auf.» Er kann so
ein Arschloch sein und ich verstehe nicht, warum. Es klingt,
als wolle er mich loswerden. Ich drehe mich um und gehe
die Landzunge zurück zum Strand und dann am Wasser entlang, bis es nicht mehr weitergeht.

Später sitze ich vor einem kleinen Lokal, trinke Rotwein
und rauche. Ich sehe Felix von Weitem kommen und habe
endlich die Wut in mir, die ich in der Situation vorhin nicht
hatte. Felix setzt sich an meinen Tisch. Er hat Tränen in den
Augen: «Ich weiß auch nicht, was da mit mir los war. Ich
glaube, ich muss mich entschuldigen.» Mit zwei Sätzen hat
er wieder einmal alles weggewischt. Felix nimmt mir die
Zigarette aus der Hand und raucht ein paar Züge, dann
drückt er sie im Aschenbecher aus. «Es war gemein, dir
vorzuwerfen, du hättest keine Ziele im Leben. Ich weiß, du
musst meinetwegen auf so vieles verzichten.» «Ich lebe
mein Leben, und mein Leben bist du. Erst, wenn du nicht
mehr da bist, muss ich verzichten.»

Wie eine Spirale drehen die Gedanken sich im Kreis. Im
Mittelpunkt dieses Strudels ein Vorwurf, der so irrational
wie ungerecht ist: Wenn Felix mich wirklich liebt, würde er
nicht sterben. Er würde um jeden Tag mit mir kämpfen, er

würde bei mir bleiben. Und gleich darauf fast eine Antwort: Wenn ich ihn nur genug lieben würde, könnte ich ihn retten, ihn von den Sterbenden zurückholen ins Leben. Mythos und großes Kino. Orpheus und Eurydike. Liebe, die stärker ist als der Tod.

9 BROKDORF UND HAMBURG
JUNI 1986

Im Frühjahr ist in Tschernobyl ein Atomkraftwerk in die Luft geflogen. Unheimlich, weil unsichtbar, hat sich eine radioaktiv verseuchte Wolke über Europa ausgebreitet. Das ist der Beweis für das, was wir schon seit Jahren in Flugblättern gesagt und geschrieben haben. Es gibt keine sicheren Atomkraftwerke. Es gibt keinen Schutz vor Radioaktivität. Es ist keine Genugtuung, dass unsere Vorhersagen eingetroffen sind.

Der Eiserne Vorhang ist für atomare Strahlung durchlässiger als für Nachrichten, und so sind wir alle längst verstrahlt, als die ersten eindeutigen Meldungen über die Explosion in den Nachrichten laufen. Selbst wenn die Sowjets sofort Alarm geschlagen hätten, es hätte wohl nichts geändert. Wir wären in jenen Tagen genauso durch die Straßen gegangen, hätten in der Sonne gesessen oder die ersten Radieschen aus dem Garten gezogen. Was hätten wir auch anderes tun sollen? Einige kaufen keine frische Milch mehr, nur noch H-Milch, die vor dem Unfall abgefüllt wurde, Konserven stehen hoch im Kurs, frischer Salat und Erdbeeren aus Polen bleiben in den Supermarktregalen liegen.

Im Juni gibt es zwei große Anti-Atom-Demonstrationen. Eine in Wackersdorf, wo eine Wiederaufarbeitungsanlage geplant ist, die andere in Brokdorf gegen das Atomkraftwerk, das dort in wenigen Monaten erstmals ans Netz gehen soll. Die Vorbereitungen für die Demos laufen schon einige Wochen. Zurück aus dem Urlaub, sind wir sofort wieder mittendrin. Kein Tag vergeht ohne Arbeitsgruppe oder Vollversammlung. Aber innerlich sind Felix und ich nicht bei der Sache. Wir haben in den fünf Wochen Urlaub die Politik nicht vermisst. Der Urlaub hat uns näher zusammengebracht. Und im Gegensatz zu dem, was ich noch vor einem Jahr gedacht und gesagt habe, ertappe ich mich bei dem Gedanken: Wir haben uns, was brauchen wir andere. Wir sind vollauf beschäftigt damit, unseren Alltag zu organisieren, beschäftigt mit Felix' Krankheit oder meinem wankenden Vorhaben, Schauspieler zu werden. Und inmitten der steigenden Erregung über die näher rückenden Demos bleiben wir ziemlich ruhig und gelassen.

Die Göttinger Szene mobilisiert für Brokdorf. In Infoveranstaltungen wird das richtige Verhalten bei Festnahmen vermittelt, die Nummer des Ermittlungsausschusses haben alle im Kopf, und vorsorglich werden in Hosen- und Jackentaschen Zwanzigpfennigstücke als Telefongroschen deponiert. In Kleingruppen wird die Art der Ausrüstung und der Grad der Vermummung diskutiert. Flugblätter werden geschrieben, um anderen Teilnehmern der Demonstration den speziellen eigenen Standpunkt zu erklären.

Felix und ich sind unschlüssig, welcher Gruppe wir uns anschließen sollen. Wir wollen uns nicht mit den Bullen prügeln, das ist klar. Damit fällt der Bus, den die Autonomen organisiert haben, um zusammen mit den Hamburgern und den Berlinern den schwarzen Block an der Spitze der Demonstration zu bilden, für uns aus. Die Sanigruppe übt schon seit Monaten für den Einsatz und will so kurz vorher keine neuen Leute mehr aufnehmen. Auch in den Kleingruppen der Antiimps fühlen wir uns nicht zu Hause. So bilden wir eine eigene Gruppe, quetschen uns an einem verregneten Tag im Juni zu fünft in einen geliehenen Kadett und machen uns auf den Weg.

ENDZEITSTIMMUNG

Wir sind zu spät losgefahren und werden wahrscheinlich erst ankommen, wenn die Demonstration fast vorüber ist. Im Radio bringen sie kurz vor Hamburg erste Meldungen über Ausschreitungen am Kraftwerkszaun. Hinterm Elbtunnel wird die Autobahn leerer, wir fahren unter verhangenem, grauem Himmel weiter Richtung Norden. Mit uns fahren Kolonnen von Polizisten, die mit Helm, Schild und Schlagstock ausgerüstet in ihren Wannen sitzen. Auf der Gegenfahrbahn kommen uns Autos mit zerschlagenen Scheiben entgegen. Bei den meisten sind es die Seitenfenster, die mit blauen Müllbeuteln verklebt sind, bei anderen klafft in der zersplitterten Frontscheibe ein Loch. Sie fahren langsam in kleinen Konvois Richtung Hamburg. Es fällt feiner Sprühregen aus den tiefhängenden Wolken. Endzeitstimmung. Wir überlegen, ob wir überhaupt weiterfahren sollen. Die Autos in der Gegenrichtung zeigen, dass die Polizei nicht zimperlich vorgeht und anscheinend, noch bevor der Demozug sich überhaupt bilden konnte, heftig zugeschlagen hat. Dabei sind sicher nicht nur Autoscheiben zu Bruch gegangen. Das Radio weiß darüber nichts zu berichten.

Wir fahren trotzdem weiter. Uns ist mulmig. Viele Leute, die wir kennen, sind vor dem Zaun, und auch, wenn wir nicht wissen, wie wir ihnen helfen können, haben wir das Gefühl, es ist wichtig, sie zu unterstützen. Aber wir kommen nicht einmal in die Nähe des Kraftwerks. Schon an der Autobahnabfahrt werden wir das erste Mal kontrolliert. Gleich darauf stehen wir vor einer Straßensperre. Wir haben eine ziemlich genaue Straßenkarte dabei und versuchen, auf Nebenstraßen weiterzukommen. Es gelingt uns nicht. Immer stoßen wir nach einigen Kilometern, auch auf dem kleinsten Feldweg, auf Gitter und Beamte, die uns zurückschicken. Gegen sechs Uhr abends geben wir es auf. Wir fahren auf den gepflasterten Parkplatz eines Gasthofes und essen Bratkartoffeln und Sülze. Wir sprechen kaum, schauen stumm aus dem Fenster. Die Sonne hat sich zwischen den Wolken hindurchgekämpft. Im Radio Live-Berichte auf NDR 2. Die Demonstration wurde vor Stunden aufgelöst. Kleinere Gruppen liefern sich immer noch Scharmützel mit der Polizei. Als wir zahlen wollen, lädt die Wirtin uns zu den Getränken ein. «Ich gehe nicht auf Demonstrationen und schon gar nicht auf so eine, aber ich finde es gut, dass Leute da hingehen. Die bringen uns doch alle noch um mit ihrem Atom.»

Wir fahren zurück nach Hamburg, haben uns bei Axel in der Hafenstraße angekündigt. Er ist nicht nach Brokdorf gefahren, sondern hat beim Ermittlungsausschuss am

Telefon gesessen, Rechtsanwälte vermittelt, Verletzungen und Verhaftungen der Demonstranten dokumentiert. Von elf bis achtzehn Uhr stand das Telefon nicht still, dann ist er abgelöst worden. Er erwartet uns mit heißem Tee. Wir stehen eine Weile vor seinem Haus, rufen und pfeifen, bis er am Fenster erscheint. Er kommt runter und macht uns die Tür auf. Die schwere Stahltür, die das Treppenhaus noch einmal extra sichert, steht offen. Das Treppenhaus ist dunkel, riecht muffig und feucht. Axel wohnt im dritten Stock. Erst hat er sich eine Küche mit den Leuten aus dem vierten Stock geteilt. Dann hat er die Wand zwischen den zwei Zimmern, die er bewohnt, herausgerissen und sich eine eigene Küche eingebaut. Nun hat er eine große Wohnküche. Das Bett steht auf einem Podest am Fenster, der Blick geht auf die Elbe hinaus. Der Boden ist abgezogen, die Dielen strahlen hell. Einen großen Lehmofen mit einer breiten Sitzbank hat er selbst gebaut. Dort sitzen wir auf Schaffellen um den großen Tisch, und Axel erzählt, was er am Telefon alles erfahren hat. Wir sind müde und frustriert. Obwohl wir damit gerechnet haben, dass es eine harte Auseinandersetzung geben würde, hatte doch niemand mit dieser Brutalität der Bullen gerechnet. Morgen soll es eine spontane Demonstration in Hamburg geben. Da werden wir auf jeden Fall hingehen. Axel schläft bei seiner Freundin, die in einem der Nachbarhäuser wohnt, und so können wir auf dem breiten Bett-Podest mit Blick auf den Fluss unsere Schlafsäcke ausrollen. Wir liegen noch lange und schauen auf die Elbe, die Lichter der Werft gegenüber und die Schiffe, die langsam vorüberziehen.

HAMBURGER KESSEL

Der Morgen beginnt mit strahlendem Sonnenschein. Das Wasser glitzert, die Möwen schreien, die Luft ist frisch und für Juni recht kühl. Nach dem Frühstück machen wir uns auf den Weg zum Heiligengeistfeld, einer riesigen asphaltierten Fläche vor einem alten Luftschutzbunker. Polizisten belagern die Nebenstraßen. Es sind viele. Auf dem Gelände versammeln sich vielleicht tausend Demonstranten. Zunächst sieht alles ziemlich friedlich aus, aber als sich gegen halb eins der Zug formiert, um sich in Bewegung zu setzen, kommen immer mehr Wannen mit Blaulicht. Bullen in Kampfausrüstung bilden eine dichte Kette um den Platz. Einige, die schnell reagieren, kommen noch raus, dann ist der Kessel dicht und Leute, die versuchen, die Ketten zu durchbrechen, werden mit Schlagstöcken zusammengeschlagen. Durch Lautsprecher werden wir aufgefordert, uns einzeln durchsuchen zu lassen und unsere Personalien anzugeben. Einige wenige lassen sich darauf ein, und wir können sehen, dass sie nach der Durchsuchung in Gefangenentransportern weggefahren werden.

Lange passiert nichts. Vereinzelt werden Sprechchöre laut. Schließlich legt sich eine gespenstische Stille über den Platz. Stunden vergehen. Am Nachmittag beginnen die Bullen, das Areal zu räumen. Leute werden rausgegriffen und in vergitterten Wannen abtransportiert. Es kommt zu kleinen Rangeleien, aber allen ist klar, dass Gegenwehr keinen Zweck hat. Es ist gegen elf Uhr nachts, als auch wir an der Reihe sind. Unserer Kleingruppe gelingt es zusammenzubleiben, und so landen wir zusammen mit zwanzig anderen in einer großen Turnhalle irgendwo am Stadtrand von Hamburg. Zwölf Stunden haben wir nichts gegessen, nichts getrunken. Wir müssen uns ausziehen, werden durchsucht, Personalien werden aufgenommen. Hier helfen weder Notfallnummern noch Telefongroschen. Niemand darf telefonieren. Wir sitzen in Gruppen auf dem Boden der Turnhalle. Gegen zwei ist auf einmal alles vorbei. Wir stehen auf der Straße, versuchen herauszufinden, wo wir eigentlich sind und wie wir zurück zum Hafen kommen. Als wir uns endlich in unsere Schlafsäcke verkriechen, wird es bereits hell.

Manchmal frage ich mich, wie das alles zusammengeht. Die Liebe und die Angst, die Wut und die Freude, die Ratlosigkeit und die Hoffnung. Bevor wir wieder in den Kadett steigen, geht Felix beim Bäcker Proviant für die Fahrt kaufen. Wir warten draußen vor der Tür, und ich sehe ihn zwischen den Leuten vor dem Tresen stehen, sehe, wie er auf Verschiedenes in der Auslage deutet, dann schaut er hoch und grinst mich an. Die anderen Menschen sind wie weggewischt. Es gibt nur noch ihn und mich, und wir gehören zusammen. Mit dem Einkauf in der Hand kommt er aus der Bäckerei. Wieder schaut er mich an, küsst mich dann vor allen Leuten auf den Mund. «Was habe ich für ein Glück, dass es dich gibt.» «Lucky you, lucky me.»

10 HANNOVER UND GÖTTINGEN
SEPTEMBER 1986

Felix will zum Positiventreffen im Waldschlösschen. Dort kommen Menschen zusammen, die HIV-positiv sind, um zu diskutieren, sich auszutauschen und Workshops zu machen. Es besteht die Möglichkeit, offen und ungestört über Ängste und Probleme zu sprechen, politische und gesellschaftliche Strategien gegen Ausgrenzung zu entwickeln, sich über die neueste medizinische Forschung zu informieren oder einfach ein paar Tage raus aus dem Alltag und unter Leuten zu sein, die einen verstehen.

Ein bisschen aufgeregt ist Felix, als er am Montag seine Sachen zusammenpackt, um nach Bremke zu fahren. «Willst du das Auto für die Woche haben, dann musst du mich nur rausfahren.» «Nö, lass mal, nimm's ruhig mit. Grüßt du Rainer und Ulli von mir?» «Klar. Vielleicht bin ich morgen wieder da, wenn es mir nicht gefällt.» «Warum sollte es dir nicht gefallen? Du hast dich doch seit Tagen drauf gefreut?» «Wenn da nur Leute sind, mit denen ich nichts anfangen kann...» «Ach Quatsch», unterbreche ich ihn, nehme seine Tasche und den Schlafsack und trage sie zum Auto. Als er wegfährt, stehe ich auf der Straße und schaue ihm hinterher, bis er um die Ecke verschwindet.

Ich gehe nach oben, schließe die Wohnungstür hinter mir, mache laut Musik an und koche Kaffee. Die Aussicht, eine ganze Woche die Wohnung für mich zu haben, macht mir gute Laune. Von Montag bis Sonntag mit niemandem absprechen müssen, wohin ich gehe, oder wann ich wiederkomme, das ist selten geworden. Sechs Tage, in denen es egal ist, ob der Kühlschrank voll oder die Wäsche gewaschen ist. Ich kann mich mit Leuten treffen, an die Decke starren, bis drei Uhr nachts im Theaterkeller sitzen, bis mittags im Bett liegen. Und am Donnerstag gehe ich ins Podium. Ich bin gern für Felix da, bereue es keinen Augenblick, mit ihm zusammengezogen zu sein, aber ein paar Tage keine Rücksicht nehmen zu müssen und nur zu tun, was mir gerade in den Kopf kommt, ist ein willkommener Urlaub.

REISE DURCH DIE NACHT

Ich ziehe die schwere Tür auf. Warme, verrauchte Luft schlägt mir entgegen. Das Podium. Es ist Monate her, seitdem ich das letzte Mal hier war. Über dem Billardtisch die niedrig hängenden Lampen, der Durchgang, in dem sich vor der Theke die Gäste drängeln, und die laute Musik von hinten, es ist alles so vertraut. Gabi und Tine sitzen gleich vorn beim Billard. «Hey, dich habe ich ja lange nicht gesehen.» «Ja, aber mich gibt es noch.» Gabi gibt mir einen Kuss, Tine nickt nur. Sie unterhält sich mit Harald, und es sieht aus wie ein kompliziertes Beziehungsgespräch. «Probleme?», frage ich Gabi mit einer Kopfbewegung zu den beiden. «Die haben sich vor vier Wochen getrennt und sind nun dabei, es doch noch einmal miteinander zu versuchen. Ich glaube, das ist keine gute Idee.» «Problemgespräche sind so ziemlich genau das, was ich heute Abend nicht will.» «Matze kommt später noch, wir wollen nach Hannover ins Depot fahren – komm doch mit.» «Sind Tine und Harald auch dabei?» «Weiß ich nicht. Glaube nicht.» «Ich hol mir 'n Bier und schau mich erst mal um.» «Halb zwölf wollen wir los. Ich würde mich freuen.» Gabi grinst. «Ich hab dich ein bisschen vermisst, weißt du.» Sie geht nach hinten zur Tanzfläche, ich an den Tresen, Bier bestellen. Karsten schüttelt den Kopf, als ich mein Portemonnaie aus der Tasche ziehe. «Lass mal stecken. Das nächste kannste dann bezahlen.»

Ich stelle mich an die Tanzfläche, winke dem DJ zu. An der Wand lehnt Gabi und raucht. Auf der Tanzfläche sehe ich Uwe und Holger, die habe ich ewig nicht gesehen. Die bunten Lichter flackern, die Diskokugel dreht sich, die Musik ist laut. Wie hat mir das gefehlt. Hier ist egal, was du am Tag gemacht hast, hier ist egal, was du morgen tun wirst, hier ist egal, ob du wiederkommst oder für immer weggehst. Nicht an gestern und nicht an morgen denken, nicht an Aids, nicht an Politik, nicht an Ausbildung oder Geldverdienen. Gar nicht denken, nur Musik hören und Bier trinken.

Seit Felix vor Kurzem mit dem Rauchen aufgehört hat, habe ich selten Zigaretten in der Tasche. Jetzt ziehe ich auf dem Weg zum Tresen eine Schachtel aus dem Automaten. Karsten will auch beim zweiten Bier kein Geld. «Gabi hat gesagt, du kommst mit ins Depot?» «Ich weiß noch nicht. Fährst du auch mit?» «Ich arbeite nur bis zwölf und muss unbedingt mal 'nen anderen Laden und andere Leute sehen.» «Ja, ich komm mit. Das wird nett.» Karsten mag ich sehr, in Matze war ich schon immer ein bisschen verschossen und Gabi habe ich viel zu lange nicht gesehen. Selbst wenn Tine und Harald mit ihren Beziehungsproblemen mitfahren, es wäre zu verkraften.

Matze kommt kurz vor zwölf. Wir müssen noch warten, bis Karsten seine Abrechnung gemacht hat, dann steigen wir in den hellblauen Kadett und fahren los. Déjà-vu. Es ist zwei Jahre her, dass ich nach unserem Ausflug zur Autobahnraststätte mit Felix im Bett gelandet bin. So vieles hat sich seitdem in meinem Leben verändert. Manchmal fühlt es sich an wie der normale Lauf der Dinge. Erwachsenwerden. Sich arrangieren mit den Anforderungen. Verantwortung übernehmen. Manchmal fühlt es sich aber auch an, als würde das Leben immer enger und schwerer werden, als ginge der Spaß daran verloren, als bliebe nur noch Arbeit. Vor zwei Jahren konnte ich mir nichts Schöneres vorstellen, als alle Zeit der Welt mit Felix zu verbringen. Felix und Tom, Tom und Felix, das fühlte sich an wie die ideale Kombination. Heute fühlt es sich so an, als wäre da immer mehr Felix und immer weniger Tom.

Ich sitze hinten, Gabi neben mir, Matze fährt, Karsten kramt im Handschuhfach nach Musikkassetten, dreht einen Joint. Tine ist dann doch nicht mitgekommen. «Wie geht's dir?», fragt Gabi, als wir auf der Autobahn sind. «Ich habe mir wirklich schon Sorgen um dich gemacht.» «Mir geht's gut, wirklich. Du brauchst dir keine Sorgen zu machen.» «Passt du auf dich auf?» Ich tue so, als verstünde ich nicht gleich, was sie damit sagen will. «Wie meinst du?» «Na, dass du dich nicht ansteckst.» «Ja, ja, ich passe auf mich auf.» «Und mit Felix …?»

Sie lässt die Frage im Ungefähren. «Ich passe auch auf Felix auf, aber das ist nicht immer einfach.» «Ist er denn krank, hat er Symptome?» «Manchmal, er redet nicht viel drüber.» «Wie? Er redet nicht viel drüber? Ich habe ihn neulich auf einem Foto in der Zeitung gesehen, und in dem Artikel stand, dass er einen Arbeitskreis in der Aidshilfe leitet.» «Ja, klar. Ich meine, er redet nicht viel darüber, wie es ihm geht.» Es ist wirklich nicht einfach zu erklären. Felix spricht überall über HIV und Aids, darüber, dass er positiv ist, darüber, dass er sterben wird. Er spricht über Politik und die Macht der Pharmakonzerne, über Akzeptanz und gegen Ausgrenzung. Aber wie es ihm selbst geht, darüber kaum ein Wort, zumindest nicht zu mir. Wirklich schwere Krankheiten haben ihn zum Glück bisher verschont. Und wenn er Tage im Bett verbringt, nichts essen kann und Angst hat, das Virus würde sein Hirn zersetzen, dann steht er nach ein paar Tagen doch wieder auf, als wäre nichts gewesen. «Er sagt immer, es reicht, wenn er alles mit seinem Arzt bespricht. Da müsse er mich nicht auch noch damit belasten.» «Jetzt tu nicht so verständnisvoll. Willst du denn nicht wissen, was los ist?» «Doch sicher, aber ...» Gabi verdreht die Augen. Natürlich hat sie recht. Es macht mir etwas aus, nicht Bescheid zu wissen, und es kränkt mich, dass er mit mir nicht darüber spricht. «Das solltest du ihm sagen», wischt Gabi meine Einwände beiseite, bevor ich sie äußern kann. «Ja, muss ich wohl.» Dichter Rauch steht im Auto. Ich kurbele die Scheibe herunter, Karsten dreht die Musik lauter, wir schauen zum Fenster hinaus. Im Scheinwerferlicht Leitplanken und hohe Büsche, dahinter Dunkelheit. Ein blaues Schild: Hannover Messe zehn Kilometer.

Kurz vor halb drei. Wir steigen aus dem Auto. Vor der alten Lagerhalle, aus der dumpfe Bässe schallen, stehen kleine Grüppchen, viele schwarz gekleidete Leute, zerschlissene Lederjacken, grüne Bundeswehrparkas, um den Hals gewickelte Palitücher. Das Publikum unterscheidet sich nicht sonderlich von dem im Podium, aber, wie Karsten sagt, es sind einfach mal andere Gesichter. Drinnen ist es nicht mehr voll. Entspanntes Anstehen am Tresen, dann stellen wir uns an die Tanzfläche. Matze drückt mir sein Bier in die Hand, sagt: «Pass mal drauf auf», und verschwindet zwischen den Tanzenden. Ich will rauchen. Felix ist weit weg. Ich stelle die Flaschen auf einen Mauervorsprung, zünde mir eine Zigarette an. Noch bevor die Zigarette aufgeraucht ist, hat mich die tanzende Menge geschluckt und ich gebe mich der Musik hin, die in meiner Magengegend vibriert.

Als nur noch fünf Personen auf der Tanzfläche sind, gehe ich meine Bezugsgruppe suchen, finde sie in einer der Sofaecken. Zwei Leute, die ich nicht kenne, sitzen neben Matze. Gabi rückt ein Stück zur Seite. Ich setze mich. Karsten sagt: «Wir haben nur noch auf dich gewartet. Das sind Jochen und Svenja, die haben mal in Göttingen gewohnt. Sie laden uns zum Frühstück bei sich ein, und dann können wir noch zwei, drei Stunden pennen, bevor wir zurückfahren.» «Bin ich dabei, 'n Kaffee und was essen klingt gut.»

Jochen und Svenja wohnen in einem besetzten Haus, nicht weit vom Depot entfernt. Wir lassen das Auto stehen und gehen zu Fuß. Inzwischen ist es kurz nach sechs, noch dunkel, aber die Stadt erwacht zum Leben. Wir kommen an einer Bäckerei vorbei und kaufen Brötchen. Dann stehen wir vor einem grauen Haus, an dem der Putz bröckelt und bunte Transparente hängen: «Wir bleiben alle» und «Das ist unser Haus». Als wir das große hohe Tor der Einfahrt durchquert haben, stehen wir vor einer Mauer aus roten Backsteinen, in die eine kleine Stahltür eingelassen ist. Sie wurde eingebaut, nachdem es einmal einen Überfall von Nazis gegeben hat, und lässt sich im Notfall mit großen Eisenriegeln von innen verbarrikadieren. Wir steigen die Treppe hinauf. An den Wänden Graffiti: «Linke Spießer an die Wand – Punk forever» Das Zusammenleben hier im Haus scheint nicht immer harmonisch zu sein.

Auf dem Küchentisch leere Flaschen, Aschenbecher, dazwischen ein halbes Brot, eine offene Margarine. Jochen räumt den Tisch ab, während Svenja Kaffee kocht. Gabi fragt, ob es noch ein Bier gibt, sie will nichts essen. Sie setzt sich auf eines der durchgesessenen Sofas, raucht eine Zigarette und ist eingeschlafen, bevor sie das Bier ausgetrunken hat. Karsten sagt «Schade drum», holt sich die halbvolle Flasche und stellt sie neben seine Kaffeetasse. Es gibt edelsten Schinken, Lachs, Wurst und Käse, eine Auswahl, die vermuten lässt, dass auch hier nicht nur regulär eingekauft wird, sondern auf Umwegen Lebensmittel beschafft werden, die sich die Hausgemeinschaft normalerweise nicht leisten kann.

Draußen wird es langsam hell. Im Nebelgrau leuchten die gelben Blätter der Linden vor dem Fenster besonders bunt. «Einer müsste noch hier in der Küche auf dem zweiten Sofa schlafen, die anderen beiden können in Gerds Zimmer, der ist nicht da.» «Stört das keinen, wenn wir in der Küche pennen?», fragt Karsten. «Ich denke mal, vor zwei, halb drei steht sowieso niemand auf.» Wie aufs Stichwort hebt Gabi den Kopf und blinzelt verschlafen: «Habe ich geschlafen? Müssen wir schon los?» Wir lachen und holen ihr eine Decke, dann zeigt Svenja Matze und mir Gerds Zimmer.

Als ich wach werde, schläft Matze noch. Das Licht im Zimmer ist grau, ich kann die Zeit nicht schätzen und lausche eine Weile auf Geräusche. Matzes ruhige Atemzüge, einzelne Autos, die auf der wenig befahrenen Straße über das Kopfsteinpflaster rumpeln. Aus der Küche Gemurmel und das Klappern von Geschirr und Besteck. Schön! Seit ich mit Felix zusammenwohne, ist es in unserer Wohnung immer still, wenn ich aufwache.

Gabi sitzt mit zwei Frauen am Tisch. Sie schieben mir eine Tasse rüber. «Kaffee ist in der Kaffeemaschine, Milch im Kühlschrank.» «Möchtest du was essen?» «Ich glaube, ich kann noch nichts essen. Aber Kaffee ist toll. Wo ist Karsten?» «Der holt schon mal das Auto. Er würde gerne fahren, bevor es wieder dunkel ist.» «Wie spät ist es eigentlich?» «Halb drei. Ist Matze auch schon wach.» «Eben hat er noch geschlafen.» «Ich gehe ihn mal wecken.»

Ich trinke einen Schluck Kaffee, angele Gabis Zigaretten, die neben ihrer Tasse liegen, suche nach einem Feuerzeug, lege die Kippe am Ende aber doch wieder weg. «Is' noch zu früh zum Rauchen.» Eine der beiden Bewohnerinnen lacht. «Kann ich mir gar nicht vorstellen. Ich habe euch heute Morgen gehört.» «Oh, haben wir dich geweckt?» «Nee, ich bin kurz vor euch gekommen und war eh noch wach.» Es klingelt. Die zweite Bewohnerin guckt zum Fenster hinaus. «Und haste 'nen Parkplatz gefunden?», ruft sie nach unten. Die Antwort kann ich nicht verstehen. Sie wirft einen Schlüssel, eingewickelt in eine alte Socke, aus dem Fenster, kurz darauf steht Karsten in der Küche. Als wir aufbrechen, schlafen Jochen und Svenja noch. Wir schreiben einen Zettel und lassen ihn auf dem Tisch liegen. Ein großes «Danke» steht darauf, und Gabi hat die Buchstaben zusätzlich mit Herzen und Blumen verziert.

USCHI UND MANNI

Karsten dreht die Musik laut, sodass wir nicht sprechen müssen. Es ist Freitagnachmittag und voll auf der Autobahn. Hinter Seesen wird der Verkehr immer dichter. Schließlich geht es nur noch im Schritttempo vorwärts. «Lass uns Landstraße fahren. Das geht auf jeden Fall schneller als hier Stop-and-go», schlägt Matze vor. «Ja, dann können wir noch bei Uschi und Manni in Erbsen vorbei, das liegt doch auf dem Weg», stimmt Gabi zu. «Gute Idee, Manni hat noch Werkzeug von mir», sagt Karsten und setzt den Blinker an der nächsten Ausfahrt.

Als wir kurz darauf vor dem alten Fachwerkhaus halten, das Uschi und Manni vor nicht allzu langer Zeit gekauft haben, werfen die wenigen Straßenlaternen auf der engen Dorfstraße leuchtende Inseln auf den Asphalt. Das Haus liegt groß und dunkel, nur hinter zwei Fenstern im Erdgeschoss brennt Licht. Ich glaube, es gibt überhaupt nur zwei Räume im ganzen Haus, die bewohnbar sind. Andere Zimmer können nicht geheizt werden oder haben noch keine Fenster. Im ersten Stock hat Manni die Decke herausgerissen, um das Haus nach oben hin zu öffnen, wie er sagt. Aber das Dach ist nicht gedämmt und es wird wohl noch eine ganze Zeit dauern, bis die Räume im Obergeschoss zu bewohnen sind.

Uschi und Manni freuen sich über unseren Besuch. Gabi und ich kennen die beiden aus der Papiermühle, mit Karsten haben sie vor ein paar Jahren zusammengewohnt, Matze kennt, glaube ich, nur Uschi, woher weiß ich nicht. Irgendwann haben die beiden sich für das Landleben entschieden. Nun fühlen sie sich verloren und vergessen hier draußen. Sie haben kaum Geld, oft reicht es nicht einmal fürs Benzin, um nach Göttingen oder zur Papiermühle zu fahren, was ihre Einsamkeit noch verstärkt. Trotzdem ist es genau das Leben, das sie immer wollten. Das sagen sie in jedem Gespräch mindestens dreimal.

Eine halbleere Flasche Rotwein steht auf dem Tisch, Uschi rührt in einem Topf mit Gulasch. «Wollt ihr mitessen? Dann hole ich noch 'nen Salat aus dem Garten und wir müssen ein paar mehr Kartoffeln machen.» Wir versuchen abzulehnen. Uns ist klar, dass der große Topf, der dort auf dem Herd steht, eigentlich fürs ganze Wochenende reichen soll. Aber sie freuen sich so offensichtlich über unseren Besuch, dass wir nicht Nein sagen können.

Wir setzen uns um den großen runden Tisch. Manni verschwindet mit einer Taschenlampe im Garten und kommt mit einem großen Endiviensalat und einigen Kräutern zurück, Matze und ich schälen Kartoffeln, Karsten kocht Tee. Den Rotwein haben wir alle abgelehnt und uns mit Restalkohol herausgeredet. Manni erzählt von den neusten Problemen beim Ausbau des Hauses. Dabei dreht er einen Joint. «Um den Appetit anzuregen», wie er sagt. Als wenn Manni einen Grund bräuchte, um zu kiffen. Gabi und Karsten kiffen nie, Uschi lehnt ab, weil sie schon Rotwein getrunken hat. So bleiben nur Matze, Manni und ich, aber zum Glück vergisst Manni nach der ersten Runde, den Joint weiterzugeben, und wir hüten uns, ihn darauf aufmerksam zu machen. Nach dem Essen kommt eine Flasche Selbstgebrannter auf den Tisch. Die üblichen Scherze über die Gefahren beim Selbstbrennen – ein Auge riskiere ich –, aber Manni füllt die Schnapsgläser erbarmungslos ein zweites Mal.

Es ist halb elf, als wir uns verabschieden. Es steht die dritte Flasche Rotwein auf dem Tisch, Uschi und Manni sind recht betrunken. Sie bringen uns zum Auto. Als Karsten den Motor anlässt, stehen die beiden Arm in Arm sehr klein und sehr allein im Licht der funzligen Außenbeleuchtung vor ihrem dunklen Haus. Keiner von uns kann sich vorstellen, dass sie es je schaffen werden, aus der Ruine ein wohnliches Zuhause zu machen. «Ach, Mist», sagt Matze, «hast du nicht gesagt, Manni hat noch Werkzeug von dir? Das haben wir jetzt vergessen.» Karsten schüttelt den Kopf. «Ich hab's nicht vergessen. Ich glaube, Manni braucht es nötiger als ich. Ich wollt' mir sowieso bei Gelegenheit 'ne neue Stichsäge kaufen.»

Wir fahren ins Podium auf einen Absacker, sitzen an der Theke mit einem Bier und einem Wodka. Gabi geht als Erste, dann verabschiedet sich Karsten. Ich teile mir noch ein Bier mit Matze. Er will nicht so richtig nach Hause. «Manchmal ist das scheiße, wenn zu Hause niemand auf dich wartet.» «Manchmal ist auch scheiße, wenn zu Hause jemand auf dich wartet.» «So schlimm? Ich dachte immer, ihr kriegt das hin, du und Felix.» «Ja, eigentlich schon, aber immer nur schön ist halt auch nicht.» Matze nickt und es entsteht eine kleine Pause. Ich weiß, was als nächste Frage kommen wird. «Wie geht's Felix denn?» Eigentlich bin ich immer dankbar, wenn sich tatsächlich jemand traut zu fragen. «Bis jetzt relativ gut. Keiner kann sagen, wann es schlechter wird. Aber dass es irgendwann schlechter wird, daran gibt's keinen Zweifel.» «Scheiße.» «Ja, scheiße, aber nützt nichts.» «Ein Typ, der bei mir in der Schule war, ist vor 'nem halben Jahr daran gestorben. Er war ein bisschen älter als ich.» «Können wir über was anderes sprechen?» «Sorry, trinken wir noch 'nen Wodka und gehen dann nach Hause.» «Ja, machen wir.» Es dauert eine Weile, bis Stefan zu uns herüberschaut und wir ihm ein Zeichen geben können. Er kommt mit drei kleinen Gläsern und der Flasche Wodka. Stellt die Gläser auf den Tresen, schenkt ein, bis um jedes Glas eine kleine Pfütze steht. «Worauf trinken wir?» Matze denkt nicht lange nach: «Auf das Leben!» «Auf die Freundschaft!», sage ich. «Liebe!», sagt Stefan, und die Gläser klirren leise aneinander.

SO ODER SO

Samstag wird der monatliche Stand der Aidshilfe in der Fußgängerzone aufgebaut, aber Felix kommt erst abends vom Positiventreffen zurück. Ich habe versprochen, für ihn einzuspringen. Ist nicht das erste Mal und macht Spaß.

Broschüren und Bücher sind auf einem Tapeziertisch ausgebreitet, rote Schleifen werden verkauft, eine Spendenbüchse ist aufgestellt. Das Interesse der Samstagseinkäufer hält sich in Grenzen, Freunde und Bekannte bleiben zu einem Gespräch, bringen Pappbecher mit Kaffee, werfen Münzen in die Spendenbüchse. Göttingen ist tolerant. Nur selten kommt es zu einem Vorfall wie heute: Jannis verteilt Info-Flyer, als ein Ehepaar auf ihn zukommt. Beide Mitte fünfzig, sie blondierte Dauerwelle, er mit grauem Hut. Sie nimmt das Flugblatt, das Jannis ihr hinhält. Sofort reißt der Mann es aus ihrer Hand, wirft es auf den Boden und spuckt drauf. «Widerlich», schreit er und haut mit der flachen Hand auf den Tapeziertisch. «Dreckschweine seid ihr. Verrecken sollt ihr alle dran.» Ein Bodybuilder-Typ mit Glatze mischt sich ein. «Recht hat er. Schlimm, dass die Perversen hier Werbung machen dürfen.» Wir sind mit Schimpfworten nicht zimperlich und bekommen viel Unterstützung. Das Geschrei lockt die Punks vom Gänselieselbrunnen herüber, andere bleiben stehen, die Menschentraube wird größer. Schnell treten die Pöbler den Rückzug an. Die Punks begleiten das Paar, ihre Hunde bellen aufgeregt. «Ey, guck dir die an, die ham was gegen Schwule! Wo kommen die denn her? Und wie der aussieht! Guckt euch mal seinen Hut an!» Bevor sich der Mann mit seiner Frau in einen Autobus flüchten kann, schnipsen sie ihm den Hut vom Kopf. Wie gesagt, zum Glück sind solche Vorfälle selten und die Menschen, die so denken, in Göttingen in der Minderheit. Wir stehen noch eine gute Stunde hinter unserem Stand, ohne dass es zu weiteren Problemen kommt. Jannis kauft ein paar Dosen Bier und bringt sie zu den Punks, die wieder um den Brunnen sitzen. Wir packen zusammen und gehen nach Hause.

Fröhlich und gut gelaunt sitzt Felix schon mit einem Kaffee am Küchentisch. Die Woche war auch für ihn eine Erholung. Keinem, dem er langwierig irgendetwas erklären musste, keine Zurückweisungen oder verletzenden Reaktionen. Workshops, Seminare, sogar den Yogakurs hat er jeden Vormittag besucht, obwohl Yoga sonst gar nicht sein Ding ist. «So was wie heute bei euch am Stand kommt überall vor», sagt Felix. «Es gibt Leute, zu denen Eltern jeden Kontakt abgebrochen haben, Leute, die ihren Job verloren haben.» Ja, das gibt es, und schlimme Ausfälle von manchen Politikern gibt es auch. Es gibt aber auch Aufklärungskampagnen, sogar von so offiziellen Stellen wie dem Gesundheitsministerium, die Toleranz und Akzeptanz in den Vordergrund stellen. Wir haben mit der autonomen Szene, in der wir uns bewegen, keine Probleme. Sicher gibt es auch linke Politmacker, die homophob sind, aber wenn sie das offen sagen würden, wären sie unten durch. Schließlich haben unsere großen Brüder und Schwestern schon 1968 die sexuelle Revolution ausgerufen.

Während Felix erzählt, bin ich nicht ganz bei der Sache. Noch gestern hätte ich nicht sagen können, woher dieses verlorene Gefühl kommt, das mich zuletzt immer wieder mal beschlichen hat. Ich habe in der letzten Woche so viele Menschen getroffen wie seit Monaten nicht mehr. Doch zu meiner Überraschung musste ich feststellen, die Familie, von der ich dachte, ich könne jederzeit zu ihr zurückkehren, gibt es gar nicht mehr. Die Zusammenhänge, in denen ich mich in Göttingen so lange bewegt habe, zerbröseln. Jeder sieht zu, wie er durchkommt. Ideen für ein gemeinsames Leben gibt es nicht mehr. Oder ich sehe sie nicht. Oder ich treffe nicht mehr die Leute, die sie ausbrüten. Oder aber ich suche gar keine gemeinsamen Ideen mehr, denn da ist nur noch Felix. Meist fühlt sich das gut und richtig an, in dieser Woche traurig und falsch. Ich weiß doch: Es ist die Strategie des Kapitalismus, uns zu separieren, uns zu vereinzeln, zu isolieren. Und genauso ist es gekommen. Erst kam das Ende der Hauptstraße, dann hat sich meine WG in der Calsowstraße aufgelöst. Meine Theatergruppe habe ich aufgegeben und das Jugendzentrum hat eine neue Generation übernommen. Die Freunde im Podium sehe ich nur noch alle paar Wochen, und auch im Theaterkeller bin ich nur noch selten. Vor etwa einem Monat war ich mit Felix beim «Mandance» in der Mensa. Hatten wir dort zuvor manchen netten Abend verbracht, so fand es Felix nun auf einmal blöde und langweilig. Wir sind nach einer halben Stunde gegangen. Plötzlich scheint die Paarbildung die einzig adäquate Form des Zusammenlebens geworden zu sein.

Nach dem Essen gehen wir ins Kino. In der Spätvorstellung im Iduna-Zentrum läuft «Querelle» von Fassbinder. Ich habe den Film gesehen, als er 1982 herauskam, und er hat mich schwer beeindruckt. Damals, mitten im Coming-out, bin ich versunken in der zwielichtigen Halbwelt, die so fremd und so brutal ist. Jetzt, vier Jahre später, kann ich mit der Geschichte nichts mehr anfangen. Mich nerven die pathetischen Texte und die gewalttätigen Männerriten. Was

hängen bleibt, ist die Moreau, und noch Tage nach unserem
Kinobesuch, singe ich vor mich hin:

«Some love too little, some too long,
Some sell, and others buy;
Some do the deed with many tears,
And some without a sigh:
For each man kills the thing he loves…
Dadada-dada-dada»

11 BERLIN
OKTOBER 1986

Wie so oft sitzen Felix und ich am Küchentisch, einen Berg Gemüse, Kartoffeln und Zwiebeln vor uns, die alle geschält und geschnippelt werden wollen. Der Wein ist schon entkorkt, damit er atmen kann. Bis er ausgeatmet hat, trinken wir die halbe Flasche leer, die noch auf dem Küchenschrank stand. Lange haben wir nicht mehr über meine Schauspielpläne gesprochen, genau genommen meiden wir das Thema, seit wir aus Portugal zurück sind. Heute ist es Felix, der davon anfängt. «Mit deiner Schauspielprüfung, was ist eigentlich damit?» «Wieso? Was soll damit sein?» «Fährst du nun hin oder nicht? Es sieht für mich nicht so aus, als würdest du dich darauf vorbereiten.» «Es sieht nicht nur nicht so aus. Ich mache wirklich nichts, obwohl ich es mir jeden Tag vornehme.» «Also willst du gar nicht mehr Schauspieler werden?» Wenn es so einfach wäre. Die Bewerbungen sind lange weggeschickt, der Termin für die erste Aufnahmeprüfung in Berlin im Oktober rückt näher. Bald danach läuft mein Arbeitslosengeld aus. Würde ich an der Schauspielschule angenommen, wäre es der ideale Moment, um aus Göttingen wegzugehen, etwas Neues in einer neuen Stadt anzufangen. Aber da ist auch noch Felix.

«Würdest du denn mitkommen, wenn ich nach Berlin ginge?» «Nein, ganz sicher nicht. Was soll ich da?» Die Antwort kommt ohne das kleinste Zögern. Es ist so, wie ich befürchtet habe: zusammen bleiben oder allein gehen. «Ich denke, ich werde zu dieser Aufnahmeprüfung nach Berlin fahren. Es wäre schon toll, wenn sie mich nehmen. Aber das heißt ja nicht, dass ich das Studium auch anfangen muss.» «Finde ich gut. Du musst das probieren. Dein Leben liegt noch vor dir.» «Ich kann mir kein Leben ohne dich vorstellen.» «Musst du dich früher oder später sowieso dran gewöhnen. Besser du nimmst nicht zu viel Rücksicht auf mich. Mach dein Ding. Ich komm schon klar.» Typisch Felix. Ich habe nicht erwartet, dass er versuchen würde, mich zurückzuhalten. Felix hat seine Entscheidung getroffen. Es ist meine Entscheidung, die noch aussteht. Seit Wochen drücke ich mich davor, wage nicht zu entscheiden, ob ich meine Zukunft planen darf, während er dem Tod geweiht ist. Aber alles, was Felix dazu sagt, ist: «Mach dein Ding. Ich komm schon klar.»

THEATER

Hochschule der Künste, Hardenbergstraße, Berlin. Ich bin ziemlich aufgeregt, als ich morgens kurz vor zehn das klassizistische gelbe Gebäude betrete. Studenten aus dem ersten Jahrgang weisen den Weg und erklären, wie alles ablaufen wird. An einem Schwarzen Brett hängt ein Zettel, der anzeigt, in welcher Reihenfolge die Bewerber vorsprechen. Einige gehen gleich wieder, weil sie erst am Nachmittag dran sind. Ich stehe als Vierter auf dem Zettel, also warte ich in einem Probenraum, in dem nichts als ein paar Stühle und ein Tisch mit einigen Thermoskannen Tee und Kaffee stehen. Mit mir warten andere, man lächelt sich freundlich an, spricht nicht viel. Manche gehen ihren Text noch einmal durch, haben sich auf den Boden gelegt, machen Dehn- und Atemübungen. Als ich aufgerufen werde und auf die Bühne gehe, wird es ganz leer in meinem Kopf. Die Wörter, schon lange auswendig gelernt, laufen von allein.

«Ich bitt dich, lieber Wärter, bleib bei mir:
Mein Sinn ist trüb und gerne möcht ich schlafen
...
Oh, ich hatt' eine jämmerliche Nacht,
Voll banger Träume, scheußlicher Gesichte!
...
Voll von grausem Schrecken war die Zeit ...»

Ich sehe Felix, wie er in Portugal unter dem Baum sitzt, sehe mich auf dem Stein, das Meer glitzert im Sonnenlicht. Es fehlt nicht viel und mir kommen tatsächlich Tränen. Sehr kurz scheint mir der Monolog. Habe ich etwas vergessen? Wie in Trance muss ich den Text heruntergehaspelt haben, eigentlich erstaunlich, dass sie mich die Szene überhaupt haben zu Ende spielen lassen. Ich gehe an die Rampe. Im Halbdunkel des Zuschauerraums ist die Prüfungskommission nur in Umrissen zu sehen. Bevor ich einzelne Gesichter erkennen kann, ertönt kalt und sachlich: «Danke, das reicht uns schon. Warten Sie bitte draußen!» Das klingt abweisend. Ich habe es vermasselt.

Etwas benommen stehe ich vor der Tür. Der mitleidige Blick der Frau, die als Nächste vorsprechen muss, trifft mich. Nervös kaut sie an ihren Fingernägeln. Einige Minuten vergehen. Die Tür zum Theatersaal geht wieder auf und der Student aus dem ersten Semester, der für einen reibungslosen Ablauf sorgen muss, sagt: «Du kannst morgen Vormittag wiederkommen. Zehn Uhr im Großen Saal in Trainingsklamotten.» Und mit einer Drehung: «Caroline, kommst du? Wir haben nicht viel Zeit.» Caroline hört auf, an ihren Fingernägeln zu kauen, und verschwindet hinter der Tür. Leise wird sie geschlossen.

Es ist noch nicht zwölf, als ich in einem Café sitze, schräg gegenüber der Hochschule, vor mir ein Cappuccino. Ich kann es nicht fassen. Der erste Teil der Aufnahmeprüfung ist geschafft. Ich bin fast noch aufgeregter als heute Morgen. Kann das wirklich klappen? Wochenlang habe ich mir diese Frage gar nicht mehr gestellt, mir stattdessen eingeredet: Wenn Felix nicht mit nach Berlin kommt, bleibe ich in Göttingen. Jetzt merke ich, die Entscheidung ist doch noch nicht gefallen.

Ich zahle und gehe zu Fuß ein Stück den Ku'damm hinunter. Die Sonne scheint angenehm warm für Anfang Oktober. Ich schaue mir die Menschen und die Schaufenster an, die vierspurige Straße mit dem breiten Mittelstreifen, schaue hinauf zum Europa-Center, auf dem sich der Mercedes-Stern dreht, gehe durchs Erdgeschoss des KaDeWe. In den Nebenstraßen kleinere Geschäfte, Antiquariate, Trödelläden. Second-Hand-Mode, Wein oder Tee in den Schaufenstern. Das ist Berlin, hier könnte ich leben.

Paula, bei der ich übernachte, ist auf Arbeit. Bis sie zurückkommt, habe ich die Wohnung für mich. Es ist eine Einzimmerwohnung in einem dunklen Altbau an einer viel-befahrenen Straße. Hinterhaus zweiter Stock. Das Fenster geht auf den Hof, Tageslicht fällt nur gedämpft ins Zimmer, leichter Kohlengeruch kommt vom Kachelofen. Die Küche ist ein schmaler Raum, der durch eine Duschkabine in der Ecke zusätzlich verkleinert wird. Das Klo teilt sich Paula mit der alten Frau Stieglitz, die seit 1937 hier im Haus wohnt.

Irgendwann kommt Paula nach Hause. Wir sitzen in der Küche, kochen, trinken Wein, rauchen, reden. Die Küche hat keine Heizung, deshalb lassen wir den Gasherd an. Die drei Flammen brennen noch, als das Essen längst gegessen ist, aber wirklich warm wird es dadurch nicht. Eher werden die Wände ein bisschen feucht und das Fenster beschlägt. In so einer Wohnung könnte ich vielleicht für den Anfang wohnen, bis ich eine passende WG gefunden habe.

Am nächsten Morgen wache ich vor dem Weckerklingeln auf, trinke eine Tasse Tee und mache mich auf den Weg. Der Große Saal, ein mit schwarzem Tanzteppich ausgeleg-ter Probenraum, füllt sich langsam, die Uhr zeigt halb zehn. Wie gestern vor der Bühne sind einige Tische aufgebaut, an denen die Prüfungskommission Platz nimmt. Zwanzig Bewerber stehen davor, als der Vorsitzende der Kommis-sion uns begrüßt. «Kümmern Sie sich nicht um uns, kon-zentrieren Sie sich auf Ihre Arbeit.» In den folgenden zwei Stunden gibt es Aufwärm- und Stimmtraining, verschie-dene Gruppenimprovisationen. Dinge, die mir aus der Arbeit mit Musik und Szene vertraut sind. Zum Schluss spielen wir kleine Etüden. Das Thema: Abschied. Wir sollen uns eine Partnerin oder einen Partner suchen, ein Paar spielen, dass sich für lange Zeit, vielleicht für immer trennen muss. Ich schaue mich um und sehe Caroline, die Frau, die mir gestern so mitleidig zugelächelt hat. Da kommt sie auch schon auf mich zu. «Wollen wir?», fragt sie. «Ja, gerne.» Zunächst erfinden wir eine Situation. Sie schlägt vor, einer von uns hätte ein Traumangebot für einen Job in Australien, und der andere müsse hierbleiben. «Ja, das ist gut. Aber warum muss der andere bleiben?» «Ist doch egal, sagen wir, seine Eltern sind alt und krank und er muss sie pflegen.» «Gut, das geht. Aber ich bin der, der bleibt. Ich kann mir nicht vorstellen, einen Menschen, den ich liebe, wegen einem Job zu verlassen.»

Wir haben eine Viertelstunde Zeit, ein paar Sachen auszuprobieren, dann müssen die Paare einzeln vorspielen. «Lass uns anfangen. Ich werde wahnsinnig, wenn ich erst den anderen zuschauen muss», sagt Caroline. Mir geht's genauso. Wir melden uns und spielen als Erste. Es läuft nicht schlecht, nach fünf Minuten ist es vorbei. Neun Paare folgen uns, so habe ich fast eine Stunde Zeit, mir eine Trennung nach der anderen anzuschauen. Einige schreien, einige weinen, manche tun so, als wäre das alles keine große Sache. Bei allen gleich: Verlassenwerden ist viel schwerer zu ertragen, als zu verlassen.

Nach knapp drei Stunden können wir uns umziehen und die Prüfer setzen sich zur Beratung zusammen. Zwei oder drei werden sie aus unserer Gruppe auswählen, die dürfen dann studieren. Eine Liste mit den Namen wird morgen am Schwarzen Brett ausgehängt. Die, die dann nicht mehr in

Berlin sind, können am Montag im Büro anrufen. So sicher, wie ich mir gestern war, dass ich alles vermasselt habe, so sicher bin ich mir nun, dass es klappt, dass mein Name morgen auf dem Zettel stehen wird. Ich gehe zu Paula, mache einen kleinen Mittagsschlaf und schlendere gut gelaunt zu dem Italiener, wo ich mit ihr verabredet bin.

Es soll ein richtiger Italiener sein. «So was gibt's in Göttingen gar nicht», hat Paula gesagt, und als ich das Restaurant neben dem Kreuzberg betrete, verstehe ich sofort, was sie meint. Hier gibt es keine rau verputzten, eierschalenfarbenen Wände, auf die der Vesuv oder die Blaue Grotte gemalt sind, keine dunkelbraunen Holzbalken, die einen Raum teilen und «gemütlicher» machen sollen. Es hängt auch kein Fischernetz mit Muscheln an der Decke. Das Licht ist hell, der Raum weiß, Porträtfotos hängen an den Wänden und auf dem Tisch liegen rot-weiß karierte Papiertischdecken. Paula sitzt schon an einem kleinen Tisch und unterhält sich mit dem Kellner auf Italienisch.

Das Essen ist hervorragend und nicht teuer, und als unsere Gläser leer sind, kommt der Kellner mit der Rotweinflasche und füllt sie unaufgefordert mit einem Augenzwinkern noch einmal randvoll. Und weil es nicht nur ein Grappa ist, den wir nach dem Essen trinken, bin ich ziemlich betrunken, als wir nach Hause gehen. Die zwanzig Minuten, die wir in der kühlen Herbstluft nach Schöneberg hinüberlaufen, machen mich wieder ein wenig klarer, sodass ich, in Paulas Wohnung angekommen, tatsächlich noch den Wecker stelle. Ich will das Ergebnis morgen so früh wie möglich wissen. Und ich will nicht anrufen – ich will meinen Namen auf dem Zettel lesen.

Paula schläft noch, blinzelt mir nur einmal kurz zu, als ich mich morgens anziehe, um mir einen Kaffee zu kochen. Es ist Samstag. Wochenende. Ich leihe mir ihr Fahrrad, finde den Weg ohne lange zu überlegen. Zehn Minuten, nachdem ich das Haus verlassen habe, stehe ich vor der HdK. Der Pförtner schaut kurz hoch, als die schwere Holztür hinter mir zufällt. «Prüfungsergebnisse?», fragt er. Ich nicke nur. «Gleich rechts am Schwarzen Brett.» Irgendwie kann ich jetzt gar nicht langsam genug gehen, lese erst verschiedene Plakate und Ankündigungen, obwohl ich aus dem Augenwinkel schon den mit Schreibmaschine geschriebenen, einzeln hängenden Zettel gesehen habe. Mein Herz klopft laut. Ich mache kurz die Augen zu, lege den Kopf in den Nacken und atme tief ein:

«Zum Studium im Sommersemester zugelassen sind

Katharina Mintius
Tom Reichert
Sebastian Schüller

Unterlagen werden in den nächsten Wochen postalisch zugesandt»

BERLINER LEBEN

An der Straße stehen drei Telefonzellen. Die einzige, die mit Münzen funktioniert, ist kaputt, und ich habe keine Telefonkarte. Um die Ecke, einige Meter weiter, ist die Mensa der TU. Die Frau in der Cafeteria rollt die Augen, wechselt mir aber eine Mark in Zwanzigpfennigstücke. Ich höre das Telefon in der leeren Wohnung klingeln. Es geht keiner ran. Ich wähle Paulas Nummer. «Hast du schon gefrühstückt? Ich bring Brötchen mit.» «Ich schlafe noch. Ich weiß gar nicht, wie der Telefonhörer in meine Hand kommt.» «Mach langsam, ich bummel noch ein bisschen durch die Gegend.» Eine halbe Stunde später hat Paula bereits geduscht und den Frühstückstisch gedeckt. Neben eine Tüte mit Brötchen stelle ich eine Flasche Sekt. Paula klatscht in die Hände: «Hat geklappt. Toll, Glückwunsch. Dann kannste ja schon mal anfangen, dir 'ne Bleibe hier zu suchen.»

Eine Bleibe, wie ich sie mir vorstellen könnte, lerne ich am Abend kennen. Zum Essen sind wir in der Pfuelstraße eingeladen, in einer WG, die Paula mir unbedingt vorstellen will. Am frühen Nachmittag machen wir uns auf den Weg. Vom Kreuzberg hat man einen prima Blick über die Stadt bis hin zum Fernsehturm im Osten. Durch die Bergmannstraße, wo wir vor dem Café Atlantik ein frühes Bier an einem der runden Tische auf der Straße trinken. Über den Kanal nach 36 und die Oranienstraße entlang. Die Läden haben bereits geschlossen, in den Kneipen beginnt der Abend. Noch ein Stück an der Hochbahn entlang und wir stehen am Ende der Welt. Auf der Oberbaumbrücke niedrige Flachbauten unter hohen Laternen. Das ist der Grenzübergang. Nur für Fußgänger, aber nicht für jeden. Ich mit meinem westdeutschen Reisepass dürfte da nicht rüber. Nur Westberliner und Ausländer werden durchgelassen. Auf der Spree patrouillieren Boote. Wir gehen ein kurzes Stück an der dunklen Spree entlang und kommen zur Pfuelstraße. Große Bäume, herbstlich gefärbte Blätter, noch gelber im Licht einzelner Gaslaternen, und ein riesiges Fabrikgebäude aus rotem Klinker mit mehreren Hinterhöfen.

Die WG belegt die komplette Etage im dritten Stock. Einzelne Zimmer sind mit Bretterwänden, in die zum Teil große Fenster eingelassen sind, abgeteilt. Mittig befindet sich die Küche mit Blick über die Spree und das Badzimmer mit einem großen Fenster zum Essraum, sodass man immer sehen kann, wer gerade auf dem Klo sitzt. Es ist kalt. Am Wochenende und an Feiertagen wird in dem gesamten Fabrikgebäude die Heizung abgedreht. Nur in der Küche steht ein alter Radiator, der etwas Wärme verbreitet. Als wir ankommen, sitzen alle schon um den Tisch, auf dem ein großer Topf Nudeln und eine Schüssel mit Tomatensoße steht. Sie wohnen hier zu sechst, drei Männer und drei Frauen. Von den Männern sind zwei schwul, eine der Frauen ist lesbisch. So hat Paula es berichtet. Eine fröhliche Runde. Es wird viel erzählt und gelacht. Kurz nach zwölf ist die letzte Flasche Wein getrunken. Steve und Micha verschwinden kurz in ihren Zimmern, um sich schick zu machen. Was bedeutet, dass sie ein anderes T-Shirt überziehen.

Im rosafarbenen VW-Käfer dauert die Fahrt ins Schwuz nicht lange. Gleich nach den Yorckbrücken biegen wir in eine stille, kurze Nebenstraße ein und suchen einen Parkplatz. Aus dem einzigen Café in der Straße fällt ein wenig Licht auf den Fußweg. Wir gehen durch eine dunkle Einfahrt. Im Hof hört man bereits gedämpfte Musik und sieht bunte Lichter hinter beschlagenen Scheiben im zweiten Stock flackern. Wir steigen die kahle Treppe hinauf, dann öffnet sich eine Eisentür und schon stehen wir mittendrin im Partyzimmer der Bewegung. Jeder, der etwas auf sich hält, links eingestellt und unter dreißig ist, verbringt mindestens jedes zweite Wochenende hier. So scheinen sich auch alle zu kennen. Mit Paula, Steve und Micha an meiner Seite komme ich schnell ins Gespräch. Es ist wirklich nett und die Leute gefallen mir, aber als Paula nach zwei Stunden sagt, sie würde jetzt nach Hause gehen, ich hätte ja einen Schlüssel und könne noch bleiben, schließe ich mich ihrem Aufbruch an. Ich verspreche Steve und Micha, sie bei meinem nächsten Mal in Berlin wieder zu besuchen, dann verabschieden Paula und ich uns.

MACHEN? – MACHEN!

Paula dreht sich noch einmal um, als ich aufstehe. «Aber wir frühstücken zusammen, bevor du fährst.» Das viereckige Stück Himmel über dem Hinterhof ist grau. In der Küche ist es kalt. Ich mache den Backofen des Gasherdes an und lasse die Klappe offen stehen, koche Kaffee.

Vorgestern in der Impro habe ich gesagt, ich kann mir nicht vorstellen, für einen Job den Menschen, den ich liebe, zu verlassen. Aber muss es denn das Ende meiner Beziehung sein, wenn ich hier anfange zu studieren? Berlin ist nicht aus der Welt. Ich könnte jedes Wochenende nach Göttingen fahren. Ich denke, für Felix ist das keine Option. Für ihn heißt es, alles oder nichts, und, wenn ich ehrlich bin, für mich auch. Diese Gedanken erzähle ich Paula, als sie in der Küche auftaucht und sich Kaffee eingießt. «Ich finde, du solltest ein bisschen öfter an dich denken und dir ein bisschen weniger von Felix gefallen lassen.» Paula hat keine gute Meinung von Felix. Oft genug schüttelt sie unwillig den Kopf, wenn ich von ihm erzähle, oder sie runzelt die Stirn. Und seit sich bei uns alles nur noch um HIV und Aids zu drehen scheint, ist sie noch kritischer geworden. Sie kennt in Berlin einige Leute, die positiv sind. Einer ihrer Bekannten liegt gerade wieder im Krankenhaus. Wie sich jemand weigern kann, sich behandeln zu lassen zu einem Zeitpunkt, an dem es zumindest wahrscheinlich ist, dass er den Tod ein paar Jahre hinauszögern kann, das versteht sie einfach nicht. Überhaupt kommt ihr bei Felix manches merkwürdig vor.

«Hast du eigentlich mal das Testergebnis gesehen?», fragt sie an diesem Morgen am Frühstückstisch. «Nein, wieso?» «Ich mein' ja nur. Das klingt immer alles so komisch. Ich kann mir manchmal gar nicht vorstellen, dass das HIV ist.» «Aber was soll es denn sonst sein?» «Keine Ahnung, aber da passt für mich so vieles nicht zusammen. Vielleicht solltest du mal mit zu seinem Arzt gehen. Dir von dem alles erklären lassen.» «Gabi hat vor drei Wochen das Gleiche gesagt.» «Siehste.» «Felix wird das nicht wollen.» «Also hast du mit ihm noch nicht einmal über diese Idee gesprochen?» «Ja, nee, nicht direkt.» «Tom, du tust alles für ihn. Da ist es doch das Mindeste, dass du weißt, woran du bist.» «Ich versteh schon, was du meinst.» «Nicht nur verstehen. Drüber sprechen. Machen.»

In Dreilinden an der Raststätte muss ich nicht lange stehen, bis ein alter Mercedes anhält. «Drei Leute Richtung Braunschweig.» Ich steige hinten ein. Wir stehen fast eine halbe

Stunde an der Grenzabfertigung, dann reicht der Vopo die Reisepässe zurück. «Gute Fahrt.» «Danke.» Schweigen breitet sich im Auto aus, der Fahrer schiebt eine Kassette in den Rekorder. Ich denke darüber nach, was Paula gesagt hat. Nie habe ich mir das eingestanden, aber es gibt Tage, an denen auch ich Felix' ganze Aids-Geschichte merkwürdig finde. Ich grabe in meiner Erinnerung, ob ich jemals irgendein Schreiben von einem Arzt gesehen habe, aber nicht mal an ein Rezept kann ich mich erinnern. Lange muss ich nachdenken, bis mir überhaupt der Name seines Arztes einfällt: Zühlske.

Als ich zu Hause ankomme, ist Felix nicht da. Die Wohnung ist kalt. Auf dem Küchentisch liegt ein Zettel. «Bin bei Katja.» Das hatte ich mir schon fast gedacht. Dann ist er wohl auch gestern schon bei Katja gewesen, als ich versucht habe, ihn morgens, mittags und abends anzurufen. Ich bin enttäuscht. Ich kann natürlich nicht von ihm verlangen, dass er in den Tagen, an denen ich nicht da bin, allein in der Wohnung rumhockt. Aber er weiß, dass ich heute Abend wiederkomme. Gleich der zweite Gedanke ist, dass es ihm vielleicht nicht gut geht und er deshalb bei Katja ist. Ich drehe die Heizung an, packe meine Sachen aus und suche im Kühlschrank nach etwas Essbarem. Es ist nichts da. Wenigstens einkaufen hätte er gehen können. Jetzt sitze ich hier, am Sonntagabend, mit einem leeren Kühlschrank und habe Hunger. Wir sind nicht mehr in der Hauptstraße, in der ich einfach in einer der Nachbarküchen schauen kann, ob dort etwas auf dem Tisch steht. Ich bin sauer. Auf Felix, auf mich. Ich hätte auf dem Transit was essen sollen, statt bloß einen Kaffee zu trinken. Ich höre den Schlüssel im Schloss, die Tür geht auf und Felix steht mit einem riesigen Strauß Blumen vor mir. «Herzlichen Glückwunsch, schöner Mann! Zieh dir die Schuhe an, ich lade dich zum Essen ein.» Auf die Idee, dass ich die Prüfung nicht bestanden haben könnte, scheint er gar nicht gekommen zu sein. Der Zorn ist weg, der Zweifel auch. Das ist der Mann, den ich liebe. Für keinen Studienplatz der Welt würde ich ihn verlassen.

12 GÖTTINGEN
NOVEMBER UND DEZEMBER 1986

Der November ist grau, oft liegt Nebel über dem Feld, auf
das wir aus unserem Küchenfenster schauen. Die Tage vergehen. Lesen, Musik hören, kochen. Ich führe den Haushalt,
während Felix in Sachen Aids unterwegs ist. Gesprächs-
gruppen, Ausbildung für die Leute in der Telefonberatung,
Verwaltungskram bei der Aidshilfe.

Eigentlich ist alles in Ordnung. Ich habe mich entschieden. Alles soll so bleiben, wie es ist. Nicht Berlin, keine
Schauspielschule, sondern Felix und Göttingen bis zum
Ende, dann sehe ich weiter. Darüber gesprochen habe ich
mit ihm nicht. Er fragt auch nicht nach. Felix ist das Wich-
tigste in meinem Leben. Aber da ist auch immer noch das
Gefühl, alles sollte ganz anders sein. Nicht nur ein Du und
Ich, sondern ein Wir. Wir, das sind mehr als nur zwei, das
ist die Utopie. Realität ist das Zusammenleben mit Felix.

Anfang Dezember ruft Paula an. «Ich habe ein Zimmer für
dich. In der Pfuelstraße wird Anfang Januar was frei.» Das ist
jetzt der Moment, in dem ich ihr sagen müsste, dass ich in
Göttingen bleibe, aber ich tue es nicht. Ich sage: «Das Semester fängt doch erst im April an, und ich habe mich immer

noch nicht entschieden.» «Ein bisschen begeisterter könntest du schon sein, wenn ich dir wieder mal ein Zimmer in einer WG besorge.» «Klar, bin ich. Das ist wirklich toll.» «Hast du mit Felix über einen gemeinsamen Besuch beim Arzt geredet?» «Nein, ich weiß auch nicht, ob das eine gute Idee ist. Felix spricht nie über seine Termine beim Arzt.» «Eben, genau deshalb. Mach mal! Und zwar, bevor du 'ne Entscheidung wegen des Studienplatzes triffst.» «Ja, versprochen. Aber ich fürchte, mit dem Zimmer, das ist einfach zu früh.» «Die haben gesagt, sie fanden dich nett und könnten sich das gut vorstellen. Wenn du bis Ende Dezember sagst, du willst das Zimmer, dann hast du es.» «Das ist irre. Andere suchen monatelang. Vielleicht soll es ja doch so sein? Ich melde mich.»

Am Abend ist Plenum in der Juzi. Vorstandswahlen. Wie auch immer die Entscheidung mit Berlin ausfällt, ich will mich nicht noch einmal in den Vorstand wählen lassen. Das habe ich schon vor einigen Wochen verkündet. Angelika von den Autonomen und Achim aus der Holzwerkstatt haben sich bereit erklärt, in den neuen Vorstand zu gehen, und Karin wird weiter Kassenwartin bleiben. So ist die Wahl zu Beginn des Plenums schnell erledigt. Darüber hinaus stehen nicht viele Punkte auf der Liste, und das Treffen löst sich schon auf, da bricht auf dem Flur lautes Geschrei los. Dort sitzt seit dem Nachmittag eine Gruppe Punks samt Hunden auf dem Fußboden. Beim freundschaftlichen Gerangel, mit dem sie fast immer nach ein paar Dosen Bier anfangen, hat sich Kekse die Schulter ausgekugelt. Er ist fünfzehn, hat einen roten Iro und sieht ziemlich blass aus um die Nase. Am Tresen in der Teestube wird nach einem Krankenwagen telefoniert. Ich frage, ob ich mitfahren soll, was Kekse mit dankbarem Lächeln bejaht. Auf der Rettungsstelle im Klinikum gibt es ein kleines Hallo, als ich mit dem jammernden Punk ankomme. Die Lederjacke ist leider nicht zu retten. Sie muss aufgeschnitten werden. Mit ein paar schnellen Griffen renkt der Arzt die Schulter wieder ein. Kekse bekommt eine Spritze gegen die Schmerzen und einen Schultergurt, den er einige Tage tragen soll. Seine Eltern sind inzwischen auch eingetroffen. Sie nehmen ihn mit nach Hause.

Da ich schon mal hier bin, gehe ich in der Zentrale der Bettenschieber vorbei, um Hallo zu sagen. Vertrautes Bild. Günther am Telefon, vor ihm der überquellende Aschenbecher, daneben die große Kaffeetasse. Krankenhausgeschichten. Weißt du noch? Und hast du schon gehört? Irgendwann nehme ich das Telefonverzeichnis vom Tisch und fange gedankenlos an, darin zu blättern. Auf der letzten Seite: Zacker, Zeidler, Zentrale und Zentrale Transport. Danach ist Schluss. «Fehlt hier 'ne Seite?» «Nee. Zentrale Transport, das ist das Letzte, und das sind wir.» Allgemeines zustimmendes Gelächter. «Und was ist mit Dr. Zühlske?» «Nie gehört. Auf welcher Station soll der denn sein?» «Na, der ist so Spezialist für HIV hier im Klinikum.» «Nee, die für Aids, das sind der Brauner, und, wie heißt der andere noch? Sendner, glaube ich. Oder Seller? Irgendwie so.»

LÜGEN

Zwei Tage später treffe ich Rainer und Ulli vom *Waldschlösschen* in der Fußgängerzone. «Hallo, wie geht's?» Wir stehen eine Weile und plaudern. «Was macht eigentlich Felix? Alles so weit in Ordnung?» «Na ja, das übliche Auf und Ab, aber alles gut. Habt ihr ihn nicht auf dem Positiventreffen gesehen.» «Wie? Im September?» «Ja, da habt ihr doch bestimmt miteinander gesprochen.» «Also wir waren nicht die ganze Zeit dabei, aber ich habe Felix nicht gesehen», sagt Ulli. Eine Pause entsteht. «Vielleicht habt ihr euch verpasst», sage ich. «Ja, vielleicht. Aber ich habe zwei Abende gekocht und mitgegessen, da hätte ich ihn eigentlich schon sehen müssen.» «Vielleicht bringe ich da auch was durcheinander.» Jetzt bloß nicht zeigen, wie sehr mich das umhaut. Seinen Erzählungen zufolge hat er die komplette Woche des Positiventreffens mitgemacht, und das kann ziemlich definitiv nicht stimmen, wenn er zwei Abende lang nicht beim Essen dabei war. Felix hat mich belogen. Keine Ahnung, wo er war. Ist auch egal. Aber er war nicht die ganze Zeit auf diesem Treffen. «Sollen wir was trinken gehen. Willst du reden?» Rainer hat gemerkt, dass etwas nicht stimmt. «Nee, is' schon okay.» «Aber wenn was ist, du meldest dich, ja?»

Vielleicht bin ich leichtgläubig, vielleicht bin ich blauäugig, aber ich habe Felix geglaubt. Ich habe geglaubt, dass er sich um sich kümmert, so wie er es immer sagt. Alles gar nicht wahr. Er geht nicht zum Arzt, und im Waldschlösschen war er auch nicht. Ich bin wütend. Sich nicht behandeln lassen wollen, ist das eine, aber mir von einem Arzt zu erzählen, den es gar nicht gibt, Geschichten von einem Treffen zu erfinden, auf dem er gar nicht gewesen ist, das ist was anderes. Das ist dumm. Felix steckt den Kopf in den Sand. Das hätte ich nicht von ihm gedacht.

Im Hopfenweg sitzt er vor dem Fernseher. «Ich habe Rainer und Ulli in der Fußgängerzone getroffen.» Felix tut, als wenn nichts wäre. «Und wie geht's ihnen?» «Du warst gar nicht auf dem Positiventreffen.» «So? Haben sie das gesagt?» «Willst du mich verarschen?» «Ich war aber da.» «Und zum Arzt gehst du auch nicht.» «Wie kommst du darauf?» «Es gibt keinen Dr. Zühlske. Nicht im Klinikum und auch sonst nicht in Göttingen. Ich habe im Telefonbuch nachgesehen.» Jetzt flippt Felix aus. Was das denn solle? Ob ich ihn kontrolliere? «Schnüffelst Du hinter mir her? Wenn ich sage, ich gehe zu Dr. Zühlske ins Klinikum, dann ist das auch so. Warum soll ich dich belügen?» «Genau darauf hätte ich gern eine Antwort: Warum belügst du mich?» «Ich belüge dich nicht.» «Dann lass mich das nächste Mal mitkommen zu Dr. Zühlske. Ich will schließlich auch wissen, was los ist.» «Du brauchst überhaupt nichts wissen. Du musst dich auch nicht weiter um mich kümmern.» Ich bin sprachlos. Felix redet sich in Rage. Wenn mir das mit ihm zu anstrengend sei, das könne er verstehen. Aber was das denn heißen solle, ich wüsste nicht, wie es ihm wirklich geht? Ob ich das nicht jeden Tag sehen würde? Dass er sterben wird. «Was nutzen da irgendwelche Papiere von irgendeinem Doktor?» Er habe es ja schon immer gewusst. «Am Ende hilft dir niemand mehr, da musst du allein zusehen, wie du klarkommst.» Aber er werde klarkommen. Er habe auch noch andere Leute. Auf mich sei er nicht angewiesen. So geht das eine ganze Weile. Ich lasse Felix reden. Ein vernünftiges Gespräch ist nicht möglich. Irgendwann sage ich ratlos und traurig: «Denk noch mal darüber nach. Es wäre mir wirklich wichtig, einmal mit deinem Arzt zu sprechen. Ich geh schlafen.» Kurz darauf geht er, ohne dass ich die Tür klappen höre. Ich finde nur noch einen Zettel auf dem Küchentisch: «Vielleicht ist es besser, wenn wir uns ein paar Tage nicht sehen.»

Erst vier Tage später taucht Felix wieder auf. Vier Tage, in denen sich bei mir Wut und Frust abwechseln. In denen ich versuche zu verstehen, was gerade passiert. Dann sitzt er auf einmal in der Küche und tut so, als wäre nichts gewesen. Ich spiele das Spiel mit. Zumindest fast. Ich sage, dass ich es verstehe, wenn er heute nicht darüber reden will, aber auch, dass wir das Gespräch irgendwann fortsetzen müssen. «Das mit dem Arzt meine ich ernst. Da will ich mal mit im nächsten Jahr.» Ich habe Paulas Stimme im Ohr: «Nicht nur verstehen. Machen.» Aber für heute will ich nur einen harmonischen Abend mit Felix.

Auch am folgenden Tag sprechen wir nicht über das Thema. Auf einmal ist es mir nicht mehr so wichtig. Ich weiß ganz genau, dass etwas nicht stimmt mit dieser ganzen Krankengeschichte. Aber ich will es nicht wahrhaben. Es ist mein Problem, dass ich ihm nicht vertraue. Das sagt Felix. Wir haben so oft darüber gesprochen, wie weit sich die Menschen von sich selbst, ihren wahren Gefühlen und Bedürfnissen entfernen. Dass Misstrauen eines der Gifte ist, mit denen der Kapitalismus uns manipuliert. Mir schien, ich wäre wach und auf der Hut, ließe mich nicht von gesellschaftlichen Normen verbiegen. Dass Felix es sein könnte, der mich bis zur Unkenntlichkeit verbogen hat, auf die Idee komme ich nicht. Aber es ist doch so: Jeder lässt sich manipulieren. Wir unterscheiden uns nur darin, von wem wir uns manipulieren lassen.

WAHRHEIT

Natürlich habe ich mich gefragt, worüber Felix' Eltern mit mir sprechen wollen. Ich kenne sie nicht gut. Wir sind ihnen ein paarmal in der Fußgängerzone begegnet, einmal haben sie uns zum Kaffee bei *Cron und Lanz* eingeladen. Sie schienen mir ganz umgänglich. Ich kann nicht recht verstehen, warum Felix jedes Mal die Augen verdreht, wenn er am ersten Sonntag im Monat bei ihnen zum Essen eingeladen ist. Er sagt, sie wären schon okay, aber sie hätten sich darauf verständigt, dass es besser wäre, sich nicht zu oft zu sehen.

Kurz vor Weihnachten rufen sie an, um ein Treffen zu verabreden. Sie wollen mit mir allein sprechen. Ich frage Felix, ob er weiß, worum es geht. Er lacht und sagt: «Vielleicht um Weihnachtsgeschenke?» In Wahrheit weiß er genau, was los ist.

Es ist der 22. Dezember, als ich im Schneeregen mit einem komischen Gefühl im Bauch das Café erreiche, in dem ich mit Felix' Eltern verabredet bin. Es gibt zwei Ebenen. Unten Sofas und Sessel, oben an einem Geländer einige kleine Tische, dahinter der Tresen mit der immer zischenden Kaffeemaschine. Einer der Tische am Geländer ist noch frei. Ich setze mich, behalte die Tür und den unteren Raum im Blick. Ich habe noch nicht bestellt, da kommen sie schon. Hans und Ingrid. Felix' Eltern.

«Hallo Tom!» Die beiden setzen sich zu mir. Wir bestellen Kaffee und Wasser. Danach senkt sich ein Moment betretenen Schweigens auf unseren Tisch herab. Schließlich ist es Ingrid, die das Gespräch beginnt: «Wir haben gehört, dass du einen Studienplatz in Berlin hast.» Machen sie sich Sorgen, ich könnte Felix sitzen lassen? «Ich werde ihn nicht annehmen.» «Ja, Felix hat es nebenbei erwähnt, als er neulich bei uns war.» «Und genau aus diesem Grund müssen wir mit dir sprechen», setzt Hans das Gespräch fort. «Du triffst deine eigene Entscheidung, da wollen wir dir nicht reinreden. Aber du sollst sie im Wissen um die Tatsachen treffen.» «Felix wird sterben. Ist das die Tatsache, die ihr meint?» Ingrid schüttelt den Kopf. «Er wird nicht sterben. Er hat eine Krankheit, aber er wird daran nicht sterben.» Ich finde es verständlich, dass seine Eltern das glauben wollen, aber wenn das die Tasachen sind, von denen sie sprechen...? «Ehrlich gesagt, nach allem, was ich weiß, denke ich nicht, dass ihm genug Zeit bleibt, bis ein Medikament gefunden ist.» Hans atmet hörbar ein. «Was Ingrid meint, ist: Felix ist nicht HIV-positiv. Er hat kein Aids.» «Woher wollt ihr das wissen?» «Was hat er dir erzählt, wo er sich angesteckt hat?» «Na, in Amerika, in diesem Austauschjahr.» «Felix war nie in Amerika und schon gar nicht für ein ganzes Jahr.» Ingrid fährt fort: «Seit er dreizehn ist, erfindet er Krankheiten. Zuerst dachten wir, es wäre nur, weil er nicht zur Schule wollte. Aber als er mit sechzehn ein Blastom in seinem Hirn erfand und allen davon erzählte, da merkten wir schon, dass das Problem tiefer geht.» «Rein körperlich ist er so gesund wie du und ich. Seine Krankheit steckt im Kopf.» «Wir haben versucht, ihn zu einer Therapie zu schicken, aber stattdessen ist er in die Innere gezogen und hat den Kontakt zu uns abgebrochen.» «Nachdem er eine Zeitlang ohne Krankheit auskam, haben wir eine Verabredung getroffen.» «Wir mischen uns nicht in sein Leben ein, dafür hält er zumindest losen Kontakt zu uns, macht eine vernünftige Ausbildung oder ein Studium.» «Wir können ihn zu nichts zwingen, aber wir wollen zumindest verhindern, dass er sich sein ganzes Leben verbaut.» Ich sitze wie erstarrt. «Er hat schon recht, wenn er sagt, dass er mit seinem Leben selbst klarkommen muss. Wir können auch nicht rumlaufen und alle Menschen vor ihm warnen.» «Aber jetzt, bei dir, da fühlen wir uns verpflichtet, es zu sagen.» «Irgendwann wäre es sowieso rausgekommen.» «Es kommt immer irgendwann raus.» «Und wenn du dann einen Studienplatz aufgegeben hast, den du sicher nicht so schnell ein zweites Mal bekommst, dann …» «Wir haben Felix gesagt, dass wir mit dir sprechen werden.» «Wir wollten ihm die Möglichkeit geben, selbst mit dir zu reden. Hat er das gemacht?» «Nein, er hat es nicht gemacht. Nicht einmal in Andeutungen.» «Es hätte mich auch gewundert.» «Er wird so tun, als wäre nichts gewesen.» «Vielleicht wird er sogar versuchen, das Spiel weiterzuspielen.» «Aber er kann doch nicht einfach weitermachen!» «Doch, kann er. Es ist kein Spiel, er ist krank.» Anscheinend haben sie schon sehr lange nicht mehr mit jemandem über ihren Sohn gesprochen. Während sich ihre Sätze überschlagen, fehlen mir die Worte. Ich weiß nicht, was ich sagen soll.

Als wir nach einer Stunde das Café verlassen, ist der Schneeregen in Schnee übergegangen. Weiße Inseln bilden sich auf dem nassen Asphalt und dem Fußweg. Wir stehen etwas unschlüssig voreinander. Ich glaube, Hans hat den Impuls, mich in den Arm zu nehmen, streckt dann aber doch nur die Hand aus. «Vielleicht hätten wir schon früher mit dir sprechen sollen.» «Wenn du reden willst, dann ruf an, jederzeit», sagt Ingrid, während auch sie mir die Hand gibt. Ich drehe mich um, ziehe die Kapuze über den Kopf und gehe davon. Ich bin mir sicher, die beiden sehen mir nach.

Ich gehe zu Fuß. Immer geradeaus, die Reinhäuser Landstraße entlang. Große weiße Flocken tanzen um die Straßenlaternen. An den Kleingärten liegt bereits eine geschlossene Schneedecke. Es ist zwei Tage vor Weihnachten, auf der Straße rollen die Autos dicht an dicht. Die Menschen kommen vom Einkaufen, fahren nach Hause, um den Tannenbaum zu schmücken. Ich gehe ein Stück den Fahrradweg entlang aus der Stadt hinaus, biege dann links in den Feldweg ein, der geradeaus nach Geismar führt. Hier liegt der Schnee dicht und ohne Fußspuren. Es ist dunkel, die Lichter der Häuser und Laternen wirken weit weg. Über das Feld kann ich unser Haus sehen. Unser Küchenfenster. Es ist dunkel. Felix ist nicht zu Hause. Ich habe nichts anderes erwartet, und ich bin erleichtert.

ES IST VORBEI

Wenn ich ehrlich bin, habe ich es schon seit einigen Wochen geahnt. Spätestens nachdem der HIV-Spezialist, bei dem Felix angeblich in Behandlung ist, nirgends in Göttingen zu finden war. Aber ich wollte es nicht wahrhaben. Es konnte doch nicht alles gelogen sein. Ich war mit Felix in Hamburg, als er das Testergebnis bekam. Ich habe seine schlechten Tage und seine guten Tage erlebt. Ich habe für ihn meine WG verlassen und bin mit ihm in eine Zweizimmerwohnung gezogen. Ich habe mein Konto für ihn leergeräumt und meine Theatergruppe aufgegeben. Bis der Tod uns scheidet, so haben wir es verabredet, und daran habe ich geglaubt. In einem Moment möchte ich Geschirr zerschmeißen, im nächsten mich in die Ecke setzen und heulen.

Auch am nächsten Tag taucht Felix nicht auf. Ich verbringe die meiste Zeit im Bett, starre an die Decke. Ein paarmal schleiche ich ums Telefon herum. Soll ich herausfinden, wo er ist, ihn zur Rede stellen, ihn anschreien? Allen erzählen, was er für ein Schwein ist? Er hat ja nicht nur mich, sondern alle betrogen mit seiner Geschichte. Letztendlich koche ich nur Kaffee und gehe wieder ins Bett.

Wenn er jetzt kommen und sich entschuldigen würde, fragen, ob ich ihm verzeihen kann – könnte ich? Felix wird sich nicht entschuldigen, da bin ich sicher. Es ist mir fast eine Beruhigung. Aber wenn er Einsicht zeigen würde, eine Therapie anfangen, mich bitten würde, ihn gerade jetzt nicht zu verlassen – würde ich bleiben? Ich weiß es nicht. Sicher bin ich mir nur, dass ich nach Berlin gehen und das Studium an der HdK anfangen werde. Es ist Zeit, Göttingen zu verlassen, etwas Neues zu beginnen. Wenn es weiter ein gemeinsames Leben mit Felix geben sollte, dann wäre er es, der Kompromisse machen müsste. Ich rufe Paula an: «Hallo, hier ist Tom.» – «Sag mal, kann ich dich besuchen? Ich wäre gerne zu Silvester in Berlin.» – «Kein Problem, wann kommst du wieder?» – «Also am sechsundzwanzigsten? Ist das okay, wenn ich dann komme?» – «Nee, allein.» – «Das würde jetzt zu lang dauern, ich erzähle es dir, wenn ich in Berlin bin.» – «Ja, prima, das machen wir so.» – «Ach, und Paula, wenn das Zimmer in der Pfuelstraße noch frei ist … Es wäre großartig, da einziehen zu können.» Die ersten Schritte sind gemacht.

Am vierundzwanzigsten höre ich nachmittags einen Schlüssel in der Tür. Ich bin einkaufen gewesen, verstaue Lebensmittel in Schränken und im Kühlschrank. Ich höre, wie Felix seine Schuhe auszieht, die Jacke an die Garderobe hängt. Dann kommt er in die Küche und nimmt mich in den Arm. Ich lasse mich umarmen, als er mich küssen will, drehe ich den Kopf weg. Das ist die einzige Bewegung, zu der ich fähig bin. Felix setzt sich an den Küchentisch und fängt an, mit einer Streichholzschachtel zu spielen. Er sieht mich an, lächelt. Es ist das unschuldigste Kinderlächeln, das ich je auf seinem Gesicht gesehen habe. Ich fühle in mir eine Tür zuschlagen. Der Hundeblick, er nützt dir nichts mehr, es ist vorbei. Wo sich anderthalb Tage die Gedanken in meinem Kopf überschlagen haben, ist auf einmal eine große Klarheit.

«Hast du mir nichts zu sagen?» «Was soll ich sagen? Du weißt doch jetzt alles?» Nichts weiß ich. Keine Antwort auf die Frage: Warum? Eigentlich ist das das Einzige, was mich noch interessiert. Warum? Und warum habe ich es nicht bemerkt? «Ich habe dich zu nichts gezwungen», sagt Felix. «Es war alles deine eigene Entscheidung.» «Und wenn ich jetzt den Studienplatz abgesagt hätte?» «Wäre auch das deine eigene Entscheidung gewesen. Ich habe dir gesagt, nimm keine Rücksicht auf mich.» «Mensch, ich habe dich geliebt!» «Du bist für deine Gefühle selbst verantwortlich.» Die Tasse, die ich in der Hand habe, saust an Felix' Kopf vorbei, zerschellt an der Wand. Türenknallend verlasse ich die Wohnung.

Auf der Straße gehe ich nur einige Schritte, dann drehe ich wieder um. Ich kann nicht gehen, ohne die Frage, die mich so sehr beschäftigt, gestellt zu haben. Felix sitzt unverändert am Küchentisch. «Warum? Warum hast du diesen ganzen Unsinn erfunden?» Er zuckt nur die Schultern. «Du hast so schön mitgespielt.» Es geht nicht. Ich werde keine Antwort bekommen. «Ich fahre übermorgen nach Berlin, könntest du bis dahin bei Katja wohnen – sonst frag ich rum, wo ich hinkann.» «Hältst du es nicht mal mehr zwei Tage mit mir aus?» «Ich weiß nicht, wie das gehen soll.» «Wahrscheinlich hast du recht. Ich weiß es auch nicht.» Er steht auf und geht. Ich räume die restlichen Einkäufe weg, dann sitze ich lange mit dem Rücken an den Kühlschrank gelehnt und heule.

Ein wenig später ruft Paula an. «Ich wollt nur hören, ob bei dir alles in Ordnung ist.» Ich erzähle ihr, was in den letzten Tagen passiert ist. «Ich habe mir immer gedacht, dass mit Felix was nicht stimmt.» «Du hast ihn noch nie gemocht.» «Nee, schon in der Inneren ist er mir immer auf die Nerven gegangen. Aber dass er so eine Klatsche hat, das habe ich doch nicht gedacht.» «Paula, er hat keine Klatsche, er ist krank und eigentlich müsste man ihm helfen.» «Unsere Mutter Teresa.» «Ich weiß schon. Aber er ist eben auch nicht nur das Arschloch.» «Doch, ist er wohl. Aber lass uns nicht darüber streiten. Hast du sonst mit jemandem darüber gesprochen?» «Nee, ich habe erst mal versucht, mit meinen Gedanken klarzukommen.» «Du musst mit Katja sprechen.» «Meinst du?» «Sag mal?! Natürlich musst du. Er betrügt sie genauso, wie er dich betrogen hat.» «Ja, sicher, aber …» «Versprich mir, dass du mit ihr sprichst, bevor du nach Berlin kommst.» «Du bist aber heute streng mit mir. Gut, ich spreche mit ihr.» «Ach, und Tom!» «Ja?» «Frohe Weihnachten.» «Du mich auch.»

Am ersten Weihnachtstag sammle ich all meinen Mut und wähle Katjas Nummer. Sie ist fast sofort am Telefon. «Hallo, hier ist Tom. Können wir sprechen oder ist Felix in der Nähe?» «Nein. Wieso? Ich dachte, er wäre über Weihnachten bei dir.» «Nein, ist er nicht. Kann ich kurz rumkommen?» «Klar. Felix hat mir schon erzählt. Komm vorbei, wenn du sprechen willst.» Was hat er erzählt? Hat er mit Katja etwa über seine wirkliche Krankheit gesprochen und mit mir nicht? Ich dachte, ich wäre über die Eifersucht längst hinaus, aber da ist sie wieder. Und Wut. Sehr viel Wut.

Eine Stunde später stehe ich bei Katja in der Wohnung. Sie tut sehr verständnisvoll, als wäre ich der Kranke, um den man sich kümmern muss. Sie hat Yogi-Tee gekocht. Zwei große Schalen stehen dampfend auf dem Küchentisch. Ich hasse Yogi-Tee. Jetzt nicht lange drum herumreden. «Was hat Felix gesagt?» «Na, dass ihr euch trennt.» «Ach so, das hat er erzählt?» «Ja, er war die zwei Tage vor Weihnachten hier und wirkte sehr niedergeschlagen. Komm, ich zeige dir was.» In dem großen Raum, der Katjas Arbeitszimmer ist, hat Felix für sich eine Ecke mit ein paar Büchern und persönlichen Sachen eingerichtet. Sein Schreibtisch ist fast leergeräumt, darauf nur ein Teller mit Teelichtern. Fassungslos starre ich auf die Wand dahinter. Mit Sicherheitsnadeln an die Tapete gepinnt, hängen dort Dutzende Fotos. Fotos von mir. Und in der Mitte, mit einem kleinen Kreis drum: Felix und Tom auf der Landzunge von Sagres in Portugal. Ich wusste nicht, dass er so viele Fotos von mir gesammelt hat. Ratlos schaue ich Katja an. «Das ist ja fast ein Altar.» «Er hat gesagt, er bräuchte das, um Abschied zu nehmen.»

Wir gehen wieder in die Küche. «Du gehst nach Berlin auf die Schauspielschule?» «Ja, dafür habe ich mich jetzt entschieden.» «Felix hat gesagt, dass es für ihn okay ist. Er wird schon irgendwie klarkommen.» «Davon bin ich überzeugt.» «Niemand kann verlangen, dass du deine Zukunft aufgibst, nur weil er an Aids stirbt. Er hat gesagt, er versteht das. Aber es täte weh, sehr, sehr weh.» «Katja, das ist alles gelogen.»

13 BERLIN
APRIL 1987

Anfang April, der Frühling kommt mit Macht. Seit drei Monaten wohne ich in der Pfuelstraße. Vor dem Fenster nicht mehr das Feld und die Reinhäuser Landstraße, sondern die Spree und die Mauer. Wenn ich mich hinauslehne, sehe ich rechts die Oberbaumbrücke mit den Baracken für die Grenzabfertigung und links den Fernsehturm. Noch eine Woche, dann beginnt mein erstes Semester an der HdK.

An Silvester stand ich mit Paula bei Freunden auf dem Dach eines Hauses an der Waldemarstraße. Vor uns die Mauer und der hell erleuchtete Todesstreifen, am Fernsehturm das staatliche Feuerwerk der DDR. Große rote Sterne, die vor dem dunklen Himmel zerplatzen. «Prost Neujahr!» Es kann nur besser werden.

In der Anfangszeit habe ich noch bei Paula gewohnt. Die Tage allein in der Wohnung, während sie bei der Arbeit war, habe ich wohl gebraucht. Ich kann nicht mehr sagen, wie ich sie verbracht habe. Die Gedanken drehten sich stundenlang im Kreis. Es heißt immer, Liebe macht blind, aber ich war gar nicht blind. Ich habe Felix gesehen, so wie er gesehen werden wollte. Sein Selbstbewusstsein, seine Offenheit und seine Geradlinigkeit waren Vorbild für mich.

Sein Spiel war perfekt. Während ich noch überlegte, ob Schauspieler ein Beruf für mich sein könne, hatte er schon lange sein ganzes Leben zu einer Inszenierung gemacht. In einer versteckten Ecke meines Herzens bewundere ich ihn dafür sogar heute noch.

Nach einer Woche bin ich in die Pfuelstraße umgezogen. Ich habe eine Wand grün gestrichen, die Gästematratze auf das Hochbett geschleppt, von dort kann ich auf die Spree schauen. Ende Januar fahre ich nach Göttingen, meine Sachen holen. Vorher telefoniere ich mit Katja, um herauszufinden, wo Felix ist. Ich will ihn auf keinen Fall treffen. Sie sagt, er sei weggefahren, ohne zu sagen, wohin. Sie glaubt nicht, dass er so bald wiederkommt. Trotzdem melde ich mich für zwei Nächte in der Calsowstraße an. Andreas leiht mir sein Auto und hilft mir, die paar Sachen aus dem Hopfenweg zu holen, die ich mitnehmen will. Die Wohnung ist aufgeräumt, der Kühlschrank ausgestellt, der Hibiskus vertrocknet. Einen Moment überlege ich, was ich mit dem Schlüssel machen soll. Ihn mitnehmen? In Kunstharz eingießen und auf den Schreibtisch stellen? Dann lege ich ihn doch nur auf den Küchentisch und ziehe die Tür hinter mir zu.

Anfang März kommt ein Brief von Katja. Sie geht mit Felix nach Leer, er möchte da eine Ausbildung zum Logopäden anfangen. Für sie ist es kein Problem, eine Stelle als Erzieherin zu finden. Die Eifersucht sagt: Mit Katja geht er nach Leer, mit mir wollte er nicht nach Berlin kommen. Die Vernunft sagt: Nach der Nummer kann er nicht mehr in Göttingen bleiben. Katja schreibt, dass sie versuchen will, ihm zu helfen. Sie sagt es nicht direkt, aber zwischen den Zeilen wirft sie mir vor, dass ich ihn verlassen habe, als er mich am dringendsten brauchte. Der Bauch sagt, dass sie damit vielleicht sogar recht hat. Der Kopf sagt, ich hätte nicht einmal mir selbst helfen können, wenn ich bei ihm geblieben wäre. Abgesehen davon, hätte er mich wahrscheinlich auch nicht lange ertragen. Ein neues Leben liegt vor mir. Da gibt es kein Zurück. Ich habe mein Zimmer eingerichtet, lerne das Leben meiner Mitbewohner in der Pfuelstraße kennen. Sie sind in verschiedenen politischen Gruppen aktiv, arbeiten im Infoladen, im HeileHaus oder hinter dem Tresen der O-Bar.

Es gibt eine Diskussionsgruppe, die ich regelmäßig besuche. Entstanden ist sie auf einem Kongress im Mehringhof unter dem Motto «Anarchie und Sinnlichkeit». Aids ist dabei natürlich ein Thema. Wir treffen uns immer samstags im Büro von HIV e. V., eines selbstorganisierten Pflegedienstes. Zehn Leute sitzen in dem kleinen Büro in 61, das stets nach wenigen Minuten im blauen Dunst zahlloser Zigaretten versinkt. Vor ein paar Tagen hat in New York ein «Die-in» in der Wall Street stattgefunden. Organisiert von ACT UP, einer Organisation von Schwulen und Lesben, die der Ignoranz der Politik gegenüber Aids den Kampf angesagt hat. Mit dem Die-in wurde dagegen protestiert, dass die großen Pharmakonzerne mit den ersten verfügbaren Aids-Medikamenten lieber astronomische Summen verdienen, statt sie allen Betroffenen zugänglich zu machen. Wir diskutieren, ob es möglich ist, eine solche Aktion in Berlin zu organisieren, wie man genügend Menschen dafür zusammenbekommt, was wir tun können, um möglichst viele Zeitungen, vielleicht sogar das Fernsehen zur Berichterstattung zu drängen. Wir reden bis kurz nach zwölf, bilden eine Orgagruppe, die sich in der nächsten Woche noch einmal zusammensetzt, und beschließen das Treffen mit einem gemeinsamen Besuch im Schwuz. Schließlich ist Samstag. Unser Wohnzimmer wartet.

Gegen halb sechs am Morgen beginnt der Himmel hinter den beschlagenen Fenstern hell zu werden. Die bunten Lichter über der Tanzfläche werden blass im Morgengrauen. Hinter dem Tresen wird aufgeräumt, zwei große Besen lehnen demonstrativ an einer Säule in der Mitte des Raumes. Steve, Micha und ich beschließen noch, ins Schwarze Café frühstücken zu gehen. «Kannst du denn noch Auto fahren?» «Klar», sagt Steve, «ich habe nicht getrunken.» «Nur gekifft», sagt Micha. «Aber schon vor Stunden.» So suchen wir unsere Jacken, und die große Eisentür fällt hinter uns ins Schloss.

Wir fahren entlang der stillgelegten Hochbahn zum Nollendorfplatz. Steve biegt ab Richtung Großer Stern. «Wo willst du denn hin?» «Kleiner Umweg, ich will der Goldelse schnell Guten Morgen sagen.» Ich sitze auf der Rückbank und schaue aus dem Fenster. Die Bäume im Tiergarten zeigen erstes Grün, der Himmel darüber verspricht einen sonnigen Tag. Es ist mein Geburtstag. Ich habe es keinem verraten. Nachher, wenn das Frühstück auf dem Tisch steht, werde ich Sekt bestellen. Steve biegt am Großen Stern ein und fährt im Kreisverkehr auf der innersten Spur um die Siegessäule herum. Einmal, zweimal, dreimal. Beim vierten Mal breitet die Goldelse über uns im Morgenlicht ihre Flügel aus und fliegt davon in den neuen Tag.

DANK

Ich danke meinen Erstleserinnen Miriam Steland, Rudi König, Christoph Rubin, Christiane Mielke und Frank Seibel, sowie Jörg Sundermeier und Christian Lütjens für Zu- und Widerspruch.

Der Berliner Senat für Kultur und Europa hat dieses Buch mit einem Recherchestipendium gefördert.

Gewidmet ist dieses Buch allen, die dabei waren.

NACHWEISE
DER ZITATE IM TEXT

S. 5 Christian Geissler, «kamalatta. romantisches fragment», Neuausgabe mit einem Nachwort von Oliver Tolmein, 2018, Verbrecher Verlag, Berlin [S. 222 f.]

S. 8 «Der Traum ist aus», Ton Steine Scherben, vom Album «Keine Macht für Niemand», 1972, Text und Musik Rio Reiser. Label: David Volksmund Produktion

S. 33 «Paris 1919», John Cale, vom Album «Paris 1919», 1973, Text und Musik John Cale. Label: Reprise Records

S. 53 «The Lamb lies down on Broadway», Genesis, vom Album «The Lamb lies down on Broadway», 1974, Text und Musik: Tony Banks, Phil Collins, Peter Gabriel, Steve Hackett, Mike Rutherford. Label: Charisma Records / Atco Records

S. 54 / 85 «Schritt für Schritt ins Paradies», Ton Steine Scherben, vom Album «Keine Macht für Niemand», 1972, Text und Musik: Rio Reiser, R. P. S. Lanrue. Label: David Volksmund Produktion

S. 59 «The End of the World», Skeeter Davis vom Album «Skeeter Davis sings The End of the World», 1963, Text: Sylvia Dee, Musik: Arthur Kent. Label: RCA Records

S. 67 «Why?», Bronski Beat vom Album «The Age of Consent», 1984, Text und Musik: Steve Bronski, Jimmy Somerville, Larry Steinbachek. Label: London Recordings

S. 70 «Alles von mir», Georgette Dee vom Album «mehr verliebte lieder», 1992, Text: Georgette Dee. Label: Villieb Rekords

S. 122 / 153 «Ich bitt dich, lieber Wärter ...», William Shakespeare aus «Richard III.», 1592 – 1594, Übersetzung: August Wilhelm von Schlegel

S. 150 «Each Man kills the Thing he loves», Jeanne Moreau vom Album «Original Motion Picture Soundtrack of Querelle», 1982, Text: Oscar Wilde aus «The Ballad of Reading Gaol», Musik: Peer Raben. Label: Jupiter Records

HERVÉ GUIBERT
**Verrückt nach Vincent &
Reise nach Marokko**

Aus dem Französischen
von JJ Schlegel

152 Seiten, gebunden mit
Schutzumschlag und Lesebändchen

ISBN 978-3-86300-324-1
€ 20,00

Reise nach Marokko (1982) ist eine experimentelle Tour de force, eine wilde Collage aus fantasierten Orient-Klischees und realen Machtspielchen innerhalb einer kleinen französischen Reisegruppe. Auch wenn dem Bericht eine wirkliche Reise zugrunde liegt, verwebt Guibert beide Textebenen und verwischt damit die Grenze zwischen Erfindung und realem Geschehen. Der Intensität der Amour fou mit Vincent scheint er nur mit dem literarischen Mittel der Autofiktion beizukommen – ein Verfahren, das auch *Verrückt nach Vincent* (1989) zugrunde liegt. Dort lässt Guibert den titelgebenden Protagonisten bei einem Sprung aus dem Fenster sterben, um dann in rückläufiger Chronologie zu erzählen, wie sich die obsessive Urlaubsbekanntschaft in Paris fortsetzt.

EDMUND WHITE
Meine Leben

Aus dem Amerikanischen
von Joachim Bartholomae

528 Seiten, gebunden mit
Schutzumschlag und Lesebändchen

ISBN 978-3-86300-301-2
€ 28,00

Der amerikanische Meister des autobiografischen Erzählens zieht
Bilanz. Edmund White ordnet die eigene Geschichte nach Lebens-
themen und zeichnet dabei ein beeindruckendes Panorama der
Kulturgeschichte des zwanzigsten Jahrhunderts. Angetrieben vom
rastlosen Intellekt seines Verfassers rauscht *Meine Leben* durch
psychotherapeutische Praxen, Stundenhotels und Literatursalons;
aus der Enge eines exzentrischen Elternhauses in die grenzen-
lose Freiheit der Sechziger- und Siebzigerjahre in New York; von
Amerika nach Europa und wieder zurück.

DER HIRTENSTERN

ALAN HOLLINGHURST
Der Hirtenstern

Aus dem Englischen
von Joachim Bartholomae

624 Seiten, gebunden mit
Schutzumschlag und Lesebändchen

ISBN 978-3-86300-331-9
€ 28,00

Mit Anfang dreißig entflieht der verhinderte Schriftsteller Edward
Manners der Orientierungslosigkeit seines Daseins in der südost-
englischen Provinz, um im belgischen Brügge als Privatlehrer zu
arbeiten. Bereitwillig lässt er sich vom modrigen Charme der
altehrwürdigen Handelsstadt in den Bann ziehen, erkundet ihre
engen Gassen, zwielichtigen Kneipen und versteckten Parks, in
denen schwule Männer sich zum Sex treffen. Nebenbei findet er
Gefallen an den Gemälden des belgischen Symbolisten Edgard
Orst. Und er verliebt sich in seinen Schüler Luc. Seine rückhaltlose
Bewunderung nimmt bald schon obsessive Züge an. Als Edwards
Gefühlsleben endgültig zum Abbild der hysterischen Entrücktheit
der Orst-Gemälde zu werden droht, erzwingt ein Todesfall seine
Rückkehr nach England.